심플하게 나이 드는 기쁨

마스노 슌묘 지음
이정환 옮김

심플하게 나이 드는 기쁨

🌱 나무생각

우리는 누구나 이 세상에 태어나면 성장 과정을 순차적으로 거친 이후 서서히 늙어간다. 70세가 되어서도 20대와 같은 체력을 유지하는 사람은 없다. 80세가 되어 30대 시절처럼 머리가 잘 돌아가는 사람도 없다. 나이를 먹는다는 것은 다양한 기능이 쇠퇴한다는 것이며 이것은 결코 거역할 수 없는 사실이다. 2021년의 통계를 보면 일본인의 기대수명은 여성이 87.6세, 남성이 81.5세다. OECD 회원국 가운데 일본은 최상위에 있는, 그야말로 대표적인 장수 국가라 할 수 있다.(한국인의 기대수명은 2022년 기준, 여성이 85.6세, 남성이 79.9세다.)

불과 반세기 전까지만 해도 환갑을 맞이하면 가족과 친척들이 전부 모여 장수를 축하해 주었다. 환갑은 십간과 십이지를 조합한 60개의 간지가 한 바퀴 순환하여 자신이 태어난 해로 다시 돌아온다는 것인데, 이는 곧 장수를 의

미했기 때문에 축하 잔치를 벌일 만했다. 또 70세의 고희(古稀)는 그 나이까지 사는 사람이 매우 '드물다'는 이유로 '드물 희(稀)' 자를 써서 그렇게 이름 붙였다. 그러나 지금은 예전처럼 환갑이나 고희를 축하하는 사람은 거의 없다.

60세를 맞이했다고 해서 은거하듯 집 안에만 틀어박혀 생활하는 사람도 없다. 회사의 정년 역시 연장되어 과거와 비교하면 현역으로 활동하는 시기는 더욱 길어졌다. 요즘에는 70세는 넘어야 '노인'이라는 말을 의식할 정도다.

'여생'이라는 말은 '활동 시기가 지난 이후의 시간'이라는 의미로 사용되지만 인생의 후반을 '남은 인생'으로 받아들이기는 너무 아깝다. 이왕 긴 '여생'이 주어졌으니 마지막 순간까지 충실하게 시간을 보내야 한다. 젊은 시절처럼 왕성하게 활동할 수는 없겠지만 '지금 할 수 있는 것을 최선을 다하여 해보고 싶다'는 마음을 가져야 기나긴 여생을 의미 있게 보낼 수 있다.

늙음은 누구에게나 찾아온다. 해안가에 파도가 밀려오듯 우리 모두에게 평등하게 찾아온다. 그러나 나이 드는 방법은 저마다 다르다. 활발한 활동을 하면서 70대를 보내는 사람도 있고 그야말로 여생이라는 생각으로 모든 것을 체념하고 조용히 보내는 사람도 있다. 어떻게 늙어갈까, 말년을 어떻게 보낼까, 그것은 본인이 결정할 문제다.

일본 조동종(曹洞宗)의 창시자 도겐(道元) 선사는 '전후제단(前後際斷)'이라는 유명한 말을 남겼는데, 이는 '삶'과 '죽음'에 관한 사고방식을 표현한 것이다. 장작이 불타면 마지막에 재가 된다. 여기에서 우리는 '장작이 탄 연장선상에 재가 있다'고 생각하기 쉽다. '장작'을 '삶'이라고 받아들이고 '재'를 '죽음'이라고 생각하면 삶의 마지막에는 죽음이 있다고 해석하게 된다.

하지만 도겐 선사는 그렇게 생각하지 않았다. '장작'과 '재'는 전혀 다른 존재이며 각각 독립되어 있다고 본다. 즉, '삶'의 끝에 '죽음'이 있는 것이 아니라 '삶'과 '죽음'은 전혀 다른 세계로 분리되어 있다는 것이다.

우리는 결코 죽음을 향하여 나아가는 것이 아니다. 살아 있는 한, 지금이라는 이 시간과 세상이 우리의 전부다. 설사 늙어서 신체가 부자유스러워진다고 해도 살아 있는 한 '삶'에 최선을 다하는 것, 죽음을 두려워하는 일 없이,

또 늙음을 한탄하는 일 없이 이 순간을 열심히 살아가는 것, 그런 마음가짐과 자세가 필요하다.

이 책의 제목은 《심플하게 나이 드는 기쁨》이다. 지금까지는 정신없이 바빠 살아왔지만 이제는 숨을 고르고 할 수 있는 것과 할 수 없는 것을 구별해야 한다. 복잡함을 덜어내고 간소함의 미덕을 배워야 할 때다. 나이 드는 것을 서글프게 생각하는 사람도 많이 있을 것이다. 하지만 나이를 먹어야만 얻을 수 있는 귀중한 시간과 삶의 지혜가 있기 때문에 늙음도 얼마든지 즐겁게 누릴 수 있다.

누구에게나 반드시 찾아오는 것이 늙음이다. 그렇다면 굳이 나이 드는 것에 거역하는 것보다 어떻게 하면 더 지혜롭고 즐겁게 나이 들어 갈 것인가에 마음을 기울이는 쪽이 더 중요하지 않을까. 행복한 노년을 살기 위해 중요한 것은 무엇이고 덜어낼 것은 무엇인지, 또 빛나는 말년을 보내기 위해 갖추어야 할 사고방식은 어떤 것인지, 이 책이 적어도 그 힌트가 될 수 있기를 바란다.

마스노 슌묘(枡野俊明)

차례

1장

나이 들면서 새롭게 알게 된 즐거움

2장

나이 들어 더 이해되는 인간관계의 행복

3장   **건강하고
편안하게
살기 위한 지혜**

4장

소박함 속에서
다시 배우는
풍요로움

나이 들면서
새롭게 알게 된
즐거움

행동에 나타나는
아름다움과 기품

　나이가 들어 노인이 되었지만 여전히 아름다움과 기품이 느껴지는 사람이 있다. 화장이나 값비싼 브랜드 제품 때문이 아니다. 일부러 꾸미지도 않았는데 왠지 모르게 사람을 끌어당기는 분위기를 풍기는 것이다.

　그런 사람이 있으면 함께하는 사람들의 마음도 평온해진다. 그런 사람이 분출하는 아름다움과 기품은 행동에도 그대로 나타난다. '행동거지'라는 말이 있는데, 그 사람의 행동 하나하나에 아름다움과 기품이 깃들어 있는 것이다. 아름답고 기품 있는 행동 하나하나가 주변 사람들을 끌어당긴다. 그런 사람은 어디에 있어도 아름답고 기품이 넘친다.

불교의 가르침에 '삼업(三業)을 정돈한다'는 말이 있다. 세 가지의 업을 정돈한다는 말인데, 그 뜻은 다음과 같다.

첫 번째는 '신업(身業)을 정돈한다'는 것인데, 이는 신체를 정돈하는 것이다. 우선 자세를 바르게 한다. 등을 곧게 펴고 얼굴을 들고 정면을 똑바로 바라보고 선다. 고양이처럼 등을 구부리고 땅을 내려다보며 걷지는 않는다. 앉아 있을 때에도 등을 곧게 펴고 앉는다. 피곤할 때에는 편안하게 앉는 것이 좋다고 말하는 사람도 있지만 사실 올바른 자세로 앉아 있는 쪽이 몸에는 더 도움이 된다. 편하다고 해서 나쁜 자세를 갖추면 결국 몸에 부담을 주고 피로도 제거되지 않는다. 자신의 몸을 배려하면서 움직임과 자세를 정돈해 가는 것이 '신업을 정돈한다'는 뜻이다.

두 번째는 '구업(口業)을 정돈한다'인데, 예쁜 말을 하도록 신경을 쓰라는 것이다. 마음이 초조하면 말이 거칠어지기 쉽다. 가시 돋친 말을 사용하면 상대방의 마음은 상처를 받는다. 그런 상황에서는 따뜻한 인간관계가 탄생할 리 없다.

어떤 말을 하더라도 진심만 담겨 있으면 된다거나, 엄격하고 냉정한 말을 하더라도 마음에 인정이 깃들어 있으면 된다고 생각하는 사람도 있다. 그러나 설사 마음에 따뜻한 배려와 인정이 깔려 있다고 해도 냉정하고 거친 말을 들으면 마음이 편할 수 없다.

말은 인간관계뿐 아니라 말을 하는 본인에게도 매우 중요한 역할을 한다. 말이라는 도구를 중요하게 생각하는 것이 '구업을 정돈한다'는 뜻이다. 자세를 올바르게 정돈하고 따뜻하고 부드러운 말을 하자. 이 '신업'과 '구업'을 정돈하면 마음도 저절로 정돈된다.

마지막 세 번째는 '의업(意業)을 정돈한다'는 것이다. 의업은 '마음의 정돈'이다. 한동안 '마음을 정돈한다'는 말이 꽤 유행했다. 많은 사람들이 마음을 정돈하고 싶어 한다. 마음을 정돈하기 위해서도 먼저 자세와 말을 정돈해야 한다. 사람은 아무래도 표면적인 부분에 마음이 끌린다.

심플하게 나이 드는 기쁨

따라서 기품을 느끼게 하는 아름다움도 등을 곧게 편 몸가짐과 따뜻하고 부드러운 말투가 선행되어야 한다.

　사람은 비슷한 사람끼리 모이기 때문에 몸가짐이 아름다운 사람은 아름답고 기품 있는 사람들에게 둘러싸일 수밖에 없다. 행동과 말, 그리고 마음을 잘 정돈하자. 그러면 불쾌한 일보다는 유쾌한 일들이 많고 미소를 나눌 수 있는 좋은 친구들도 얻을 수 있다.

몸가짐에
신경을 쓴다

나이를 먹으면 일을 하지 않는 한 외출이 줄어들면서 집 안에서 보내는 시간이 늘어나고 복장에도 신경을 쓰지 않게 된다. 아침에 일어나 특별히 외출할 일이 없으면 적당한 옷을 대충 입고 지내고 싶어 한다. 편안하기만 하면 어떤 옷이라도 상관없다고 생각한다. 어차피 만날 사람도 없다면서 잠옷 차림으로 하루 종일 지내는 사람도 있다.

그런 행동이 습관이 되면 마트에 물건을 사러 갈 때에도 복장에 둔감해져 옷이 약간 지저분하거나 소매가 약간

심플하게 나이 드는 기쁨

해져 있다고 해도 대충 걸쳐 입고 나간다. 도중에 아는 사람을 만나도 모르는 척하면 된다는 식으로 몸이 편한 쪽을 선택하게 된다.

나이를 먹으면서 늘어나는 것은 '귀찮다'는 마음이다. 하나하나 옷을 갈아입고 지저분하거나 흐트러진 옷매무새를 정돈하는 게 귀찮다. 요리를 하는 것도 귀찮고 청소를 하는 것도 귀찮다. 침대를 정돈하는 것도 귀찮고 욕실에 들어가는 것도 귀찮다.

몸이 무거워지거나 움직이기 힘들어지면 동작도 느려진다. 젊은 시절에는 불과 몇 분이면 갈아입을 수 있었는데, 이제는 나름대로 꽤 시간이 필요하다고 느끼는 사람도 많이 있다. 시간이 걸리기 때문에 귀찮아진다.

만약 귀찮다는 마음이 든다면 왜 그런 기분이 느껴지는지 먼저 깨달아야 한다. 예를 들어, 반년 전까지는 잠깐 외출을 하더라도 옷을 갈아입었는데 최근 들어 그게 귀찮아졌다…. 이런 마음의 변화를 빨리 깨달아야 한다. 그리고 깨달았으면 즉시 그 귀찮은 마음을 몰아내야 한다. 귀찮아하는 마음에 휩쓸리지 않아야 한다.

귀찮다고 생각하는 또 하나의 원인은 긴장감이 없어졌기 때문일 수 있다. 예를 들어 아침에 일어났는데 오늘 누구와 만날 약속이 있다면 아침부터 적당한 긴장감을 가질 수 있다. 그것은 마음의 자극이 되어 행동에도 변화가 발생한다. 이 긴장감이라는 자극이 생활의 활력이 된다. 일상생활에는 이 긴장감과 자극이 어느 정도 있어야 한다. 긴장감과 자극을 잃어버리면 '아무려면 어때?'라는 식으로 많은 것들을 포기하는 생활을 하게 된다.

우선 몸가짐에 신경을 쓰자. 우리 선승들은 밤에 잠이 들 때에는 반드시 머리맡에 갈아입을 옷을 준비해 두고 아침에 일어나면 가장 먼저 옷을 갈아입는 것으로 새로운 하루를 시작한다. 여러분도 다음 날에 입을 옷을 머리맡에 준비해 두고 잠이 들면 어떨까. 아침에 일어나 우선 그 옷으로 갈아입는 행동이 습관화되면 파자마를 입고 하루를 보낸다는 생각은 절대로 하지 않을 것이다.

깨끗하게 세탁한 옷을 걸치는 것, 그것이 하루의 시작이라는 신호다. 특별한 옷으로 갈아입을 필요는 없다. 청결

감이 있는 옷을 입도록 신경을 쓰는 것만으로 충분하다.

　　나이를 먹으면 먹을수록 몸가짐에 더 신경을 써야 한다. 젊은 사람이라면 설사 소매가 해진 와이셔츠를 입고 있어도 젊음이라는 발랄함 때문에 빛을 잃지 않을 수 있겠지만 나이를 먹으면 그런 일은 없다. 몸가짐에 신경을 쓰지 않는다는 것은 아름다움에서 멀어져 가는 것이다.

생활 속에
약간의 불편함을 만든다

세상이 매우 편해졌다. 세탁도 예전처럼 손빨래를 하지 않아도 세탁기에 던져넣는 것만으로 깨끗이 할 수 있다. 아니, 빨래만 해주는 게 아니라 건조까지 해준다. 요즘 사람들은 빨래판을 잘 모르겠지만 나는 수행승이었던 시절 4와 9가 들어가는 날에는 빨래판을 이용해서 손빨래를 했다. 그렇기 때문에 손빨래가 얼마나 힘이 드는 일인지 잘 알고 있다.

청소 역시 지금은 로봇청소기가 혼자 온 방을 휘젓고

다니면서 처리해 준다. 외출을 할 경우에는 몇 걸음만 옮기면 전철이나 버스가 나타난다. 위아래로 이동을 할 때에는 엘리베이터나 에스컬레이터가 이동을 시켜준다. 그런 편리함에 완전히 익숙해진 우리는 이제 그것이 당연하다는 생각에 불편함이나 비효율적인 것은 받아들이지 못하는 상태가 되어버렸다.

편리함은 나쁜 것이 아니다. 효율성을 추구하는 것 역시 나쁜 것이 아니다. 중요한 것은 편리하고 효율적인 생활로 얻게 된 시간을 사용하는 방법이다. 로봇에 청소를 맡기고 남은 시간에 무엇을 하는지 떠올려보자. 우리는 편리함을 얻은 대신 소중한 무엇인가를 잃고 있는 것은 아닐까.

선승들의 생활은 모든 것이 불편하다. 예를 들어 밭을 보유하고 있는 수행 도장에서는 매일 식사를 준비하기 위해 수행승이 밭에 가서 채소를 채취한다.

저녁 식사에 당근을 세 개 사용한다면 세 개의 당근만 뽑아온다. 그때그때 사용할 만큼의 채소만 조달하며 불필요한 채취는 하지 않는다. 수행승의 입장에서 볼 때는 모든 일상생활이 수행이라서 그럴 수 있겠지만 나는 단지 그것 때문만은 아니다. 매일 아침, 식사 준비를 하기 위해 밭으로 채소를 채취하러 가는데 그 여정은 단 하루도 똑같은 날이 없다. 비가 내리는 날도 있고 기분 좋게 맑은 날도 있다. 바람이 강한 아침도 있고 땀이 저절로 배어 나오는 무더운 날도 있다. 매일 아침 다른 공기를 가슴 깊이 들이마시고 바람과 기온을 피부로 느끼며 계절의 변화를 온몸으로 받아들이는 그 시간이야말로 오늘도 살아 있다는 실감을 느끼게 해준다.

편리함은 매우 고마운 것이다. 그러나 편리함에 파묻혀 버리면 어느 순간부터 살아 있다는 실감이 옅어진다. 그날그날의 공기나 날씨, 기온, 바람, 햇살 등 우리를 둘러싸고 있는 모든 것들을 얼마나 맛보고 즐기는 생활을 하고 있을까. 세탁이나 청소를 기계에 맡기고 있는 동안 우리의 감성이나 감각은 어디로 향하고 있을까.

불편함 속에서 살아가는 기쁨이 있다. 한겨울, 일주일

에 한 번이라도 좋으니 직접 방 청소를 하자. 양동이에 차가운 물을 담아 거기에 걸레를 넣고 빨아서 힘껏 쥐어짜 보자. 물의 차가운 온도에 자기도 모르게 온몸이 부르르 떨릴 것이다. 왜 굳이 이렇게 걸레질을 할까 하는 생각이 들 수도 있겠지만 속았다는 셈치고 한번 시도해 보자.

걸레질이 끝난 뒤에는 말로 표현하기 어려운 상쾌한 느낌이 들 것이다. 그 상쾌한 느낌은 편리한 생활에서는 절대로 얻을 수 없는 청량감이다. 이런 감각이야말로 본래 인간이 가져야 하는 것이다. 편리함만을 추구하다 보면 인간이 본래 갖추고 있는 감성이나 감각은 둔화되어 버린다.

일상생활 속에 약간의 불편함을 만들자. 그 불편함을 즐길 수 있게 되면 틀림없이 더 큰 기쁨을 실감할 수 있다.

꼭 필요한 것만
남기는 노전 정리

'생전 정리'라는 말을 흔히 들을 수 있다. 이 말은 나이가 들어 돌아올 수 없는 먼 여행을 떠나기 전에 신변을 깨끗하게 정리하고 싶다는 생각에서 시작되었을 것이다. 그러나 신체의 쇠약함을 느끼기 시작한 이후에 "이제 생전 정리를 해야겠다."라고 하면 만족스럽게 정리하기는 어렵다. 늙기 전에 정리를 해야 제대로 할 수 있다.

우선 넘쳐나는 물건들 중에서 필요한 물건과 불필요한 물건을 구분한다. 불필요한 물건을 선별했으면 이번에는 그것들을 처분하는 방법을 생각해야 한다. 지금은 쓰레기를 버리는 데에도 돈이 들어가는 시대다. 단순하게 필요 없는 물건을 버린다고 끝나는 문제가 아니다.

고령이 되어 몸을 자유롭게 움직일 수 없게 되면 늦다. 그러니 노년이 되기 전에 정리를 해야 한다. 그런 의미에서는 '생전 정리'가 아니라 '노전(老前) 정리'가 맞다.

그렇다면 어떻게 정리해야 할까. 예를 들어 사회인이 되어 첫 월급으로 구입한 가방처럼 추억이 깊어 처분하기 어려운 물건도 있을 수 있다. 하지만 그런 깊은 추억이 깃든 가방도 1년에 몇 번이나 사용할까. 몇 년에 한 번 기억이 난다고 해도 가방 그 자체를 일부러 옷장에서 꺼내는 경우는 거의 없지 않을까.

실제로 중요한 것은 물건 그 자체가 아니라 마음속에 존재하는 추억이다. 소중하게 남겨야 할 대상은 물건이 아니라 마음속에 기억되어 있는 추억인 것이다. 물건을 처분한다는 것은 추억을 버린다는 뜻이 아니다.

그래도 "도저히 버릴 수 없어."라고 생각하는 사람도 있을 것이다. 한 번에 무리해서 버릴 필요는 없지만 우선 자신의 주변에 있는 물건 중에서 10% 정도 처분하는 것이 어떨까.

옷장 안에 열 개의 가방이 잠들어 있다면 우선 그 10%, 즉 한 개만 버려본다. 이것은 뜻밖으로 어렵지 않을 것이다. 열 개 중에서 단 한 개가 줄어들 뿐이라고 생각할 수 있으니까. 그러나 그 처음의 한 개가 중요하다. 한 개를 버리는 것으로 정리를 하는 습관이 싹트기 때문이다. 이윽고 두 개, 세 개를 처분하는 동안에 기분은 점차 상쾌해진다. 따라서 도저히 물건들을 처분할 수 없다고 생각하는 사람은 일단 10%만 처분한다는 목표를 세워보도록 하자.

나이를 먹으면 생활은 자연스럽게 변한다. 그것은 생활에 필요한 물건도 변한다는 뜻이다. 젊은 시절에 자주 이용한 옷이나 취미 도구 등은 기호나 취미가 바뀌면 불필요해진다. 우리는 '언젠가 사용할 때가 올지도 몰라.'라고 생각하기 쉽지만 그 '언젠가'를 기다린 탓에 물건이 계속 쌓인다.

지금 자신의 생활에 필요한 물건은 무엇일까. 과거에

는 필요했지만 더 이상 필요하지 않게 된 물건은 무엇일까. 그것들을 한번 종이에 적어보자.

❶ 꼭 필요한 물건
❷ 가능하면 있는 게 좋은 물건
❸ 더 이상 필요하지 않은 물건

❶로 선택된 물건만을 남기고 ❷와 ❸에 해당하는 물건들은 냉정하게 처분한다. 이런 '노전 정리'를 해두면 몸과 마음이 가벼운 노후를 맞이할 수 있을 것이다.

불필요한 것들을
줄이는 연습

일본에서 각종 서비스를 제공하는 고령자용 주택을 '사코쥬(サ高住)'라고 부른다. 사코쥬는 자신의 힘으로 생활할 수 있는 노인들이 모여 지내는 이른바 시니어타운인데, 부지 안에 다양한 서비스가 존재한다. 즐겁게 몸을 움직일 수 있는 운동을 배우거나 의료 상담도 할 수 있다.

사코쥬에서 일하고 있는 직원에게서 이런 이야기를 들은 적이 있다. 입주를 검토하기 위해 방을 구경하러 왔을 때, 대다수의 노인은 이렇게 말한다.

"가져올 물건이 좀 많은데 이 방에는 들어가지 않을 것 같아요. 방이 너무 좁은 것 같아요."

사코쥬의 방은 기본적으로 매우 간소하게 만들어져 있다. 침대와 간단한 조리를 할 수 있는 작은 주방 그리고 작은 테이블과 의자 한 쌍, 작은 욕실과 화장실, 약간의 옷을 넣을 수 있는 옷장. 다양한 종류의 사코쥬가 있지만 대체로 이런 형태로 만든다.

대다수의 노인은 지금 살고 있는 집을 처분하고 사코쥬로 들어가지만 이 좁은 방을 보고 걱정을 한다. 그중에는 큰 집에 살던 사람도 있기 때문에 어떻게 보면 당연한 걱정이다.

그런데 이 작은 방에서 생활한 지 석 달 정도가 지나면 대다수의 노인은 이렇게 말한다.

"입주 전에는 이렇게 좁은 방에서 어떻게 생활할 수 있을지 걱정했는데 뜻밖으로 쾌적하게 생활할 수 있네요. 이곳에서 생활해 보니 지금까지 얼마나 쓸데없는 물건들에 둘러싸여 살았는지 실감할 수 있어요. 정말 필요한 물건은 매우 적은데 말이죠."

사코쥬에 입주하지 않더라도 지금까지 살던 집을 개선해야 할 필요는 있다. 만약 몸이 따라주지 못하는 큰 집이라면 현재의 자신에게 어울리는 크기의 집을 찾아보는 것이 좋다. "정원은 있어야 해."라는 사람도 있지만 매일 손질을 하려면 힘이 들 것이다. 맨션으로 거처를 옮긴다고 해도 베란다에서 충분히 꽃이나 채소를 재배할 수 있으니 다시금 생각해 볼 문제다.

우선, 현재 자신의 생활에 어울리는 집 크기부터 생각해 보자. 어울리지 않는 크기에 본인을 맞추려 하다 보면 결국은 생활 그 자체에 지쳐버린다. 현재 자신의 생활에는 어떤 크기가 어울리는지를 알아야 한다.

그리고 간소한 생활을 하겠다는 마음을 갖추어야 한다. 불필요한 것들을 줄이고 말 그대로 간소하게 생활하는 것이다. 선(禪)의 세계에서는 이 간소한 생활이야말로 '아름다움'이라고 생각한다.

'간소'와 비슷한 말로 '검소'라는 말이 있는데 두 가지는 전혀 다르다. 예를 들어 매일 사용하는 찻잔을 구입할 때 어떻게 선택할까. 마트에 갔는데 다섯 개에 1만 원이라는 가격이 붙어 있다. 매우 싼 가격이어서 상당한 이득이라는 느낌이 들지도 모른다. '찻잔은 깨질 수도 있으니까 여러 개가 있어도 부족해. 저렴한 것으로 여러 개 사두자.'라고 생각한다면 검소한 생활에 속한다. 한편 매일 사용하는 물건이기 때문에 설사 한 개에 10만 원 상당의 값비싼 제품이라고 해도 '그것을 구입해서 소중하게 오랫동안 사용하자.'라고 생각한다면 간소한 생활이다.

값싼 찻잔을 구입하면 아무래도 함부로 취급하게 된다. 깨져도 상관없다는 마음으로 다루기 때문이다. 그런 의미에서 볼 때 본인이 정말 마음에 들어 소중하게 사용할 수 있는 물건이라면 비싸게 샀든 싸게 샀든 가격은 상관이 없다. 생활의 크기를 재조명하고 간소한 생활을 지향하면 현재의 자신에게 어울리는, 자기다운 새로운 생활을 발견할 수 있을 것이다.

계절의 변화를
즐긴다

해외에서 일본으로 이주해 온 사람들은 춘하추동의 아름다움에 감탄한다. 일본은 계절에 따라 풍경의 변화가 매우 다양한 나라다. 그런 아름다운 나라에서 생활하고 있으니까 당연히 사계절을 즐겨야 한다.

예로부터 한국, 중국, 일본 등 동아시아 지역에서는 1년을 24절기 72후로 구분하여 각각 이름을 붙였다. 봄만 해도 다양한 이름이 있다. 봄의 시작은 '입춘', 눈이 녹기 시작하는 시기를 '우수', 벌레가 울기 시작하는 시기를 '경칩', 그리고 '춘분'을 맞이하면 만물이 움직이기 시작하는 '청명', 비가 자주 내리는 '곡우'가 뒤따른다.

이런 섬세한 자연의 변화를 몸으로 실감하자. 세상이 어떤 상황에 놓여 있건, 우리의 마음이 어떤 상황에 놓여 있건 자연은 담담하게 그 영위를 이어간다. 선의 세계에서는 바로 그 모습에 진리가 깃들어 있다고 생각한다.

매일 아침, 잠에서 깨어났을 때 우선 커튼을 젖히고 창문을 한껏 열어보자. 봄에는 봄의 바람이 당신의 뺨을 간지럽힌다. 장마철에는 습한 바람을, 겨울이 가까워지면 차가운 바람을 느낄 수 있다. 그런 계절의 변화를 아침에 눈을 뜨자마자 한껏 느껴보자.

대자연을 실감하면 마음이 평온해진다. 일이 뜻대로 풀리지 않거나 불안할 때야말로 자연 속에 몸을 맡기기를 권한다. 바다로 가서 밀려오는 파도를 바라보는 것만으로 신기하게 마음이 안정되고, 산길을 걸으면서 나무들 사이로 불어오는 바람을 한껏 들이마시는 것만으로 마음이 재정비된다.

자연을 느끼기 위해 집 안에 꽃을 장식하는 것도 좋다. 계절에 맞는 꽃을 방 안에 장식하는 것만으로 단번에 마음이 평온해진다. 꽃꽂이 기술은 없어도 상관없다. 장식하는 사람의 마음이 중요하다. 굳이 꽃집을 찾아가지 않아도 길가에 피어 있는 꽃으로 충분하다. 산책을 하는 도중에 아름다운 꽃을 발견한다면 한 송이 꺾어와서 마음에 드는 장소에 장식해 보자. 단 한 송이의 꽃이 계절의 변화를 깨닫게 해주고 윤택한 생활로 안내해 준다.

새로운 자신을
만난다

사람에게는 '나이에 맞는 아름다움'이 있다. 젊은 시절에는 젊은 대로, 나이를 먹으면 나이를 먹은 대로의 아름다움이 있다. 하지만 나이를 먹는 것에 완강하게 저항하는 사람도 있다. 남성이든 여성이든 당연히 언제까지나 젊은 상태로 있고 싶다는 바람이 있을 것이다. 그러나 그런 마음이 너무 강하면 그것은 오히려 아름다움에서 멀어지는 결과를 낳는다.

젊음을 유지하기 위한 노력은 나쁘지 않다. 그러나 현

재의 자신을 받아들이지 않고 외적인 젊음에 매달리고 집
착한다면 매우 우스운 모습으로 비친다. 나이에 맞는 아름
다움은 현재의 자신을 받아들이는 데서부터 시작된다.

나이를 먹으면 할 수 없게 되는 것들이 많이 있다. 신체
는 근력이 쇠약해지고 정신적으로도 집중력이 떨어진다.
젊은 시절에는 간단히 할 수 있었던 일들이지만 나이를 먹
으면 그게 쉽지 않다. 그렇기 때문에 포기해야 하는 것들
도 많이 있다. 하지만 그것은 당연한 현상이다. 포기한다
는 것은 결코 나쁜 것이 아니다.

'포기한다'는 것은 '명확하게 판별할 줄 안다'는 것이
다. 현재의 자신의 모습을 명확하게 판별하는 것! 나이를
먹어서 할 수 없게 된 것에 저항하는 것이 아니라 '이것은
이제 포기하자.', '이것까지는 아직 할 수 있으니까 시도해
보자.'라는 식으로 현재 자신의 능력을 판별하는 것이다.

이처럼 자신을 있는 그대로 인정하면 '새롭게 할 수 있
는 것'들이 보인다. 할 수 없게 된 것에 매달려 있으면 언제
까지나 그 단계에 멈추어 있지만 인정을 하면 다음 단계로
진행할 수 있다.

인생에는 다양한 단계가 있다. 그 단계를 한 단계 더 올라가는 것, 그것이 인생의 여정이다. 계속 같은 단계에 머무르면서 과거의 자신에게 집착하는 것이 아니라 다음 단계를 지향하는 태도를 갖추어야 한다.

어떤 유명한 여성 아나운서가 50세가 넘어 백발의 모습으로 텔레비전에 출연했다. 그 모습을 보고 충격을 받은 여성들도 많이 있었을 것이다. 그러나 나는 텔레비전에서 그녀의 모습을 보았을 때 매우 아름답다고 느꼈다. 그녀는 틀림없이 본인의 현재 모습을 명확하게 판별하고 있다는 생각이 들었다. "이 모습이 현재의 저입니다."라고 있는 그대로 자신을 받아들였을 것이다.

지인 중 한 사람은 그런 그녀의 모습을 보고 더 이상 염색을 하지 않겠다고 말했다. 그 사람은 50대 중반부터 10년 동안 염색을 해왔는데 백발의 모습으로 텔레비전에 나와 당당한 표정을 지어 보이는 그 아나운서를 보고 자신도 더 이상 스스로를 부정하지 않기로 한 것이다.

지인은 내게 이렇게 말했다.

"이제 나답게 살아야겠다고 생각했더니 백발이 정말 아름답다는 사실을 깨닫게 되었어요."

그녀의 마음은 틀림없이 다음 단계로 진행되었을 것이다.

간소하게
살아가는 비결

젊은 시절에는 다양한 욕망에 집착하여 그것들을 충족시키는 것으로 행복을 느끼기도 한다. 일이나 연애 등 사람은 다양한 욕망을 끌어안고 살아간다. 그런 욕망들은 노력과 연결되니 결코 부정할 대상은 아니다. 그러나 그 많은 욕망을 계속 가지고 있으면 스스로를 궁지로 몰아넣는 결과를 낳는다. 나이를 먹으면 욕망을 충족시킬 수 있는 힘이 부족해지기 때문이다.

욕망을 충족시킬 수 있는 힘이 부족해졌을 때 해결 방

법은 두 가지다. 하나는 충족시킬 수 없는 욕망과 계속 싸우는 것이다. 하지만 이것은 집착이다. 이길 수 없다는 것을 뻔히 알면서도 무의미한 싸움을 지속한다. 또 한 가지 해결 방법은 자신의 욕망을 줄이는 것이다. 즉, 욕망이라는 짐을 내려놓는 것이다.

우화 하나를 예로 들어보겠다. 어떤 마을에 소를 키우는 두 명의 친구가 있었다. 양쪽 모두 소를 키워 생계를 유지했다. 한 명은 99마리의 소를 키웠다. 많은 소들을 키우고 있기 때문에 주변 사람들로부터 부러움을 살 정도로 유복한 생활을 하고 있었다. 그러나 본인은 그것으로 만족하지 않았다.

"한 마리를 더 늘려서 100마리를 채우고 싶어!"

이것이 그의 목표였고 100마리가 되면 정말 만족스러울 것이라고 생각했다.

또 한 명은 세 마리의 소만 키우고 있었다. 99마리의 소를 키우는 친구와 비교하면 매우 단출한 편이다. 그래도 그는 세 마리만 있으면 충분하다고 여겼다.

어느 날, 99마리를 키우고 있는 친구가 세 마리의 소만 키우고 있는 친구의 집을 방문해서 이렇게 말했다.

"나는 99마리의 소를 키우고 있지만 사료 값이 많이 들어가서 생활이 그렇게 넉넉하지 않아. 한 마리만 더 키우면 어떻게 될 것 같은데, 자네의 소를 한 마리 내게 팔면 안 될까?"

물론 생활이 넉넉하지 않다는 말은 거짓말이고 자신이 키우고 있는 소를 100마리로 늘리고 싶은 마음뿐이었다.

부탁을 받은 친구는 아내와 의논을 했다. 세 마리 중에서 한 마리를 없애는 건 쉬운 일이 아니지만 친구가 난처하다고 하니까 어떻게든 도와주고 싶었다. 소가 두 마리가 된다고 해도 부부가 함께 노력한다면 어떻게든 생활은 해나갈 수 있을 것이라 여겼다. 그렇게 생각하고 소 한 마리를 친구에게 양도했다.

"친구를 도와줄 수 있어서 다행이야."

그날 밤, 부부는 친구를 도와줄 수 있었다는 사실에 작은 행복을 맛보며 잠이 들었다.

그 시각 자신의 욕망을 충족시킨 친구는 100마리의 소를 바라보면서 만족감에 싸여 있었다. 하지만 그 만족감은 사흘이 가지 않았다. 그는 100마리의 소를 바라보면서 마음속으로 이렇게 생각했다.

"내 소가 드디어 100마리가 되었구나. 105마리만 되면 딱 좋을 것 같은데…."

그날부터 그는 소를 105마리로 늘릴 방법만을 생각하면서 좀 더 유복하게 살고 싶다는 욕망에 사로잡혔다.

이 우화에서 99마리의 소를 키우는 친구를 꿈이나 희망을 향하여 인생을 확대해 가는 젊은 사람의 모습이라고 한다면 세 마리의 소를 키우고 있는 친구는 나이 든 사람의 모습이다.

나이를 먹어감에 따라 조금씩 축소하고 세 마리의 소로 만족과 행복을 얻는 생활로 바꾸어가는 것은 마음속에 있는 욕망을 정리하는 것과 같다. 젊은 시절처럼 인생을 확대하고 팽창시키는 것이 아니라 간소하게 축소해 가야 한다. 간소함은 물건에만 적용되는 것이 아니라 마음에도 꼭 필요하다.

'갈 곳'과 '할 일'로
인생을 꾸민다

남성이든 여성이든 갱년기를 지나면 55세 이후부터는 노년기를 맞는다. 인생 100세 시대라고 하니 인생 중에서는 노년기가 가장 긴 시기라고 말할 수 있다. 그런 노년기를 어떻게 보낼 것인가. 이것은 인생에서 매우 중요한 문제가 아닐 수 없다.

과거와 비교하면 체력이나 시력, 청력이 떨어지거나 매일 쾌활하게 보낼 수 있는 기력이 떨어졌을 수도 있다. 그러나 인생에서 가장 긴 노년기를 '할 수 없는 것'만 보고 탄식하거나 '어떻게 시간을 보낼 것인가'를 생각하면서 하루를 끝내기는 너무 아깝다.

나이를 먹으면 '갈 곳'과 '할 일'이 필요하다. '갈 곳'은 '오늘 갈 곳'이다. '할 일'은 '오늘 할 일'이다. 오늘 갈 장소와 오늘 할 일을 만드는 것이 노년기의 생활을 아름답게 꾸며줄 것이다.

오늘 갈 곳을 스스로 만들어보자. "외출은 병원에 갈 때뿐입니다."라고 말하는 사람도 있을 것이다. 하지만 그런 소극적인 생각은 버리고 매일의 산책을 일과로 삼아보면 어떨까. 나아가 어차피 산책을 할 바에는 혼자가 아니라 동료를 적극적으로 만들어 함께 걷는다면 한층 더 즐거울 것이다.

산책의 습관화는 뜻밖으로 어려운 일이다. 약간 추운 날이나 비가 내리는 날에는 아무래도 쉬고 싶은 생각이 든다. 그래도 동료가 있으면 그것만으로 격려가 되고 힘이 되어준다. 서로 격려하고 힘이 되어주면서 산책을 하고 대화를 나누는 동안에 어느 틈엔가 함께 살아가는 친구라는 유대관계가 형성될 수도 있다.

인간은 기본적으로 게으르다. 구속이나 강요는 누구나 싫어한다. 가능하면 자유롭게 지내고 싶어 한다. 그러기에 더더욱 즐거움을 느낄 수 있는 대상을 찾아야 한다. 목적이 없으면 어떤 사람이든 하는 일 없이 시간만 낭비하게 된다.

노년기에 가지는 목적은 즐거움을 느낄 수 있는 대상을 어떻게 발견할 것인가 하는 것이다. 그것은 앞에서 예를 든 '산책'이어도 좋고 '주변 청소'나 '스쿼트 50회', '좋아하는 악기 연주'여도 좋다.

오늘 갈 곳, 오늘 할 일을 즐기는 생활에는 틀림없이 좋은 친구와의 만남도 생긴다. 나아가 성취감이나 만족감도 느낄 수 있다.

최종 학력을
만든다

새로운 것을 시작하거나 무엇인가에 도전하는 데에 나이는 상관없다. "이 나이에 뭘 시작하기엔 좀…." 하고 주저하는 사람이 있는데, 그런 사람은 진심으로 도전해 보고 싶은 대상을 아직 만나지 못했기 때문이다.

만약 모든 것에 흥미나 호기심이 옅어졌다면 주의해야 한다. 새로운 것에 대한 흥미나 호기심, 사회에 대한 관심이 옅어지는 현상이야말로 진정한 의미에서의 노화다.

나는 사람들에게 "현역에서 물러나면 최종 학력을 만

드십시오.”라고 말한다. 내가 말하는 ‘최종 학력’은 졸업한 학교를 말하는 것이 아니다. 인생의 최종 단계에서 무엇을 배웠는가 하는 것이다.

지금 당신이 흥미나 관심을 느끼는 것은 무엇인가? 화초에 관심이 있는 사람도 있을 것이고 악기 연주를 시작하는 사람, 코러스나 댄스에 흥미를 느끼는 사람도 있을 수 있다. 소설을 써보고 싶어 하는 사람도 있고 시를 배우는 사람도 있다. 시험이나 자격증 취득 등 필요하기 때문에 어쩔 수 없이 하는 공부가 아니라 스스로 정말로 배우고 싶은 것을 공부하는 것, 그것이야말로 진정한 배움이다.

만약 60세부터 시를 배우기 시작한다면 그 사람의 최종 학력은 ‘문학’이다. 그림을 시작한 사람은 ‘미술학’, 게이트볼의 즐거움을 맛보는 사람이라면 ‘체육학’이라고 표현할 수 있다.

이처럼 자신이 흥미를 느끼는 것을 추구함으로써, 진정한 의미에서 인생의 최종 학력을 만들어보는 것은 매우 신나는 일이다.

만약 도중에 자신에게는 어울리지 않는다고 생각되거나 흥미를 느끼는 다른 대상이 생긴다면 눈치 따위는 전혀볼 필요 없이 '중퇴'하고 새로운 공부로 옮기면 된다. 굳이한 가지 대상에만 얽매일 필요는 없고 끝까지 해야 한다는압박감을 느낄 필요도 없다.

"나의 최종 학력은 무엇으로 할까?"

이렇게 말하는 것만으로 가슴이 설레지 않는가. 하고싶은 게 떠오르지 않는다는 사람도 있을 것이다. 그런 사람은 오늘 하루 동안 즐거웠던 것을 떠올려보자. 오늘 즐거웠던 것을 내일도 해본다. 모레도 해본다…. 이런 식으로 계속하면 당신만의 최종 학력이 탄생할 것이다.

기분 좋게 살아가기 위한
습관을 갖춘다

선승들은 당연히 수행을 하는데, 내 경우에는 아침 4시 30분에 일어나 경내의 문이나 각 불당, 건물들의 문을 연다. 그리고 각 부처님들에게 차를 바친 뒤에 좌선을 하고 아침 수행을 시작한다. 이 습관은 특별한 일이 있거나 어지간히 피곤한 상태가 아닌 한 바뀌거나 건너뛰는 일이 거의 없다.

그리고 나는 주지로서의 역할 이외에 정원 디자인이나 강연, 서적 집필 등의 일도 많기 때문에 바쁠 때에는 밤늦은 시간에야 간신히 잠자리에 든다. 하지만 전날 한밤중까지 일을 했다고 해도 내가 일어나는 시간은 늘 같다. 10분만 더 누워 있고 싶다는 생각이 들 때도 있지만 그래도 항상 같은 시간에 잠자리를 벗어나려 신경을 쓰고 있다. 이것은 오랜 세월 동안 몸에 갖추어져 온 습관이기 때문에 신체가 자연스럽게 깨어나고 움직인다.

그런 규칙적인 생활이 몸에 갖추어진 덕분에 병도 거의 걸리지 않는다. 좋은 습관은 몸과 마음을 정돈해 주기 때문에 좋은 컨디션을 유지할 수 있다.

한편 나쁜 습관일수록 쉽게 익숙해진다. 그리고 그것은 자신뿐 아니라 주변 사람들에게도 전염된다. 나쁜 습관을 가지고 있는 사람 근처에 있으면 자신도 어느 틈엔가 그 습관에 물들어 버리기 때문에 나쁜 습관을 가진 사람은 가까이하지 말아야 한다.

좋은 습관을 갖추는 것으로 몸과 마음의 건강이 유지되고 나아가 건강 수명도 늘어날 수 있다. 그런데 이 사실을 잘 알고 있으면서도 좀처럼 갖추기 어렵다. 일찍 자고 일찍 일어나는 습관 등은 그다지 노력하지 않아도 충분히 갖출 수 있다고 생각하지만 사실 간단한 일이 아니다.

실제로 여러분이 일상적으로 실천하고 있는 좋은 습관을 떠올려보자. 예를 들어 아침과 저녁의 양치질이나 식사할 때의 "잘 먹겠습니다.", "잘 먹었습니다."라는 당연한 인사를 하는 습관은 아주 오래전 어린 시절부터 몸에 갖추어진 것이 아닐까. 따라서 머리로 굳이 생각하지 않아도 몸이 자연스럽게 움직인다. 이렇게 습관이 되기 위해서는 나름대로 시간이 필요하다.

60세가 넘으면 다리와 허리가 쇠약해지지 않도록 매일 아침 산책을 하는 습관을 갖추자. 70세가 되면 기억력을 잃지 않도록 도서관을 다니는 습관을 갖추자. 이처럼 60세가 되면, 70세가 되면 시작하자는 식으로 이런저런 생각을 하는 사람은 많이 있다. 하지만 막상 그 나이가 되면 실제로 실천을 하는 사람이 뜻밖으로 매우 적다. 언젠가 시작하고 싶다고 생각하는 습관이 있다면 지금부터 당장 실천하자.

지인 중에 60세가 넘었는데 매일 아침 습관처럼 산책을 하는 사람이 있다. 내 생각에 그 사람은 10년, 20년 전부터 산책을 시작한 것으로 보인다. 40세 시절에는 일주일에 두 번이었을지도 모른다. 50대에는 일주일에 절반 정도였을지 모른다. 그러나 작은 실천을 거듭 쌓은 결과, 60세가 넘어서는 매일 산책을 하는 습관이 몸에 갖추어진 것이 아닐까.

　　좋은 습관은 몸과 마음을 건강하게 유지시켜 준다. 단, 하루아침에 갖추어지는 것은 아니라는 점을 기억해 두자. 생각이 떠올랐을 때가 최고의 적기(適期)다.

새로운 만남을 만들어
인생을 심화시킨다

지난 몇 년, 이른바 원격 근무가 보급되어 왔다. 집에서 일을 할 수 있으니까 출퇴근 러시아워에 시달리는 일이 없어 매우 편하다는 생각이 들 수 있다. 하지만 예상하지 못한 함정도 있다.

내가 아는 한 여성 편집자가 이런 말을 해주었다.

"집에서 일을 하게 되자 거울을 보는 횟수가 압도적으로 줄어들었어요. 집에 있기 때문에 화장을 하지 않아도 되고 늘 편안한 복장이에요. 그래서 오랜만에 거울을 보았을 때 긴장감이 없는 제 모습에 깜짝 놀랐어요."

비슷한 경험을 한 사람이 꽤 있을 것이다. 매일 거울도 보지 않고, 화장도 하지 않으며, 편안한 복장으로 긴장감 없이 보내는 동안에 그런 자신에게 자신감을 잃게 된다. 이런 부정적인 연쇄 고리가 시작되면 외출도, 사람들과의 만남도 소극적으로 변할 수밖에 없다.

우리는 사람을 만나는 행위를 통하여 커다란 자극을 받는다. 원격 근무를 하더라도 대화는 얼마든지 할 수 있다. 하지만 컴퓨터를 통한 대화는 아무래도 서로의 표정이나 감정은 전하기 어렵다. 여기에 더하여 마스크를 착용한 상태라면 더욱 그러하다.

커뮤니케이션의 기본은 서로에게 얼굴을 보여주는 것이다. '얼굴을 마주 볼 수 있는 장면'을 적극적으로 만들어야 한다. 과거에는 당연히 존재했던 그런 기회도 은퇴를 하면 단번에 줄어든다. 의식적으로 외출하지 않으면 누군가를 만나 대화를 나눌 기회는 더욱 줄어든다. 그렇기 때문에 새로운 만남에 욕심을 내야 한다.

심플하게 나이 드는 기쁨

새로운 세계는 새로운 인생의 시작이다. 예를 들어, 젊은 시절에 했던 운동이나 취미를 통하여 새로운 만남을 얻는 사람도 많이 있다. 나의 동창 중 한 명은 정년퇴직을 기회로 삼아 학창 시절에 즐겼던 테니스를 다시 시작했다. 집 근처의 테니스 동호회에 가입하여 처음에는 일주일에 한 번 코트를 드나들었지만 지금은 특별한 일이 없는 한 거의 매일 다니고 있다고 한다.

그러던 중, 테니스 동료 한 명이 취미로 도예를 시작했다는 말을 듣고 함께 도전하게 되었다. 그 친구는 손재주가 좋은 편은 아니었지만 동료가 친절하게 가르쳐주어 지금은 완전히 도예에 빠졌다고 한다. 테니스를 시작한 것이 계기가 되어 도예까지 즐기게 된 것이다. 이렇게 각각의 분야에서 새로운 동료를 만들어 지금까지 몰랐던 세계를 즐길 수 있다.

어느 정도 나이가 들면 취미를 가지는 쪽이 좋다고 하는데, 그것은 지금까지 익숙했던 세상에서 전혀 다른 세상으로 세상이 단번에 바뀌기 때문이다. 새로운 세상에는 지금까지 만났던 적이 없는 재미있는 친구가 있을 것이다.

그런 만남이야말로 여러분이 지금까지 경험한 적이 없는 신선한 자극을 주고 또 다른 기쁨과 경험을 안겨준다. 새로운 만남은 상상 이상으로 여러분의 인생을 풍요롭게 만들어줄 것이다.

노후 자금은 있어도 불안하고 없어도 불안하다

최근 이런 이야기를 자주 듣곤 한다.

"노후를 안정감 있게 보내려면 2억 정도의 자금이 필요하다."

누구에게나 반드시 찾아오는 노후를 대비하라며 금융 전문가라는 사람들이 소리 높여 주장하는 내용인데, 그 때문에 불안감을 느끼는 사람도 적지 않다.

노후 자금은 중요하다. 하지만 숫자에 지나치게 얽매이지 말아야 한다. '2억 원'이라는 돈은 평균적인 가정을 기준으로 하여 도출해 낸 결과겠지만 평균적인 가정, 평균적인 지출은 무엇을 기준으로 삼는 것일까. 생활방식은 사람마다 다르다. 한 달 생활비가 500만 원이 필요한 사람도 있고 100만 원으로 충분한 사람도 있다. 요컨대 평균적인 가정은 가공의 기준이다.

또 '실버타운에 입주하려면 3억 원이 필요하다'는 말도 들을 수 있는데, 어느 정도 수준에 해당하는 사람이 실버타운에 들어갈까. 노인은 모두 실버타운에 들어가야 한다면 어쩔 수 없는 일이지만 이것은 결국 선택의 문제다. 금전적으로 여유가 있고 주변에 피해를 주고 싶지 않은 사람은 실버타운에 들어갈 생각을 할 수도 있겠지만 자택에서 자신의 힘으로 자유롭게 살고 싶어 하는 사람도 있다.

중요한 점은 자신이 어떤 생활을 하고 싶고 자신에게 무엇이 행복인지를 생각할 수 있어야 한다는 것이다. 여기저기 떠돌아다니는 대량의 정보에 휘둘리지 말자. 행복하게 살기 위한 정보는 본인의 마음속에만 존재한다.

많은 저금을 보유하고 있다고 해서 반드시 행복하다고

단정할 수는 없다. 내가 보기엔 돈을 많이 가지고 있는 사람이 적게 가지고 있는 사람보다 돈에 더 민감한 듯하다. 많이 가지고 있을수록 소유욕이 생겨 아무래도 돈에 얽매인다. 지금도 충분하지만 더 많이 가지고 싶다고 생각한다.

그럴 경우, 충분한 자금이 있음에도 불구하고 이 정도로는 부족하다는 생각에 늘 불안감을 느끼며 살아간다. 예를 들어, 자신의 즐거움을 억제하고 저축을 하는 데에만 혼신을 다한다고 해도 그 노후가 자신이 그린 '안정적인 노후'가 되리라는 보장은 없다. 또 많은 저축을 한 이후에 몸 이곳저곳이 아파서 하고 싶은 것도 할 수 없는 상황이 발생할 수도 있다.

나의 행복은 어디에 있을까. 나는 어떤 생활에서 행복을 느낄까. 가고 싶은 곳에 갈 수 있는 건강한 신체일 때에만 가능한 체험이나 행복이 존재한다는 사실을 잊어서는 안 된다. 따라서 앞으로 찾아올 노후의 불안한 상황만 보는 것이 아니라 현재의 행복도 함께 볼 수 있어야 한다.

두 번 다시 찾아오지 않을
오늘을 즐기기 위해

'일기일회(一期一會)'라는 말이 있다. 유명한 말이기 때문에 아는 분들도 많이 있을 것이다. '일기'라는 것은 사람의 일생을 의미한다. 그리고 '일회'는 단 한 번의 만남이라는 뜻이다. 아무리 자주 만나는 사람이라고 해도 같은 상황, 같은 장소, 같은 시간에 만날 수는 없다. 따라서 그 순간은 평생에 단 한 번뿐인 소중한 만남이다.

이 세상은 한순간도 머물러 있지 않는다. 지금이라는 이 순간도 즉시 과거의 시간이 되어버린다. 그리고 지나쳐

심플하게 나이 드는 기쁨

간 시간은 두 번 다시 돌아오지 않는다. 그렇기 때문에 단 한 번의 만남이나 지금이라는 이 순간을 소중하게 여겨야 한다는 가르침이다.

이 세상의 모든 존재는 끊임없이 변한다. 오늘과 같은 날은 하루도 없다는 마음으로 하루하루를 보내야 한다. 그러나 나이를 먹어가면서 행동 범위도 좁아지기 때문에 하루하루를 아무런 변화가 없는, 똑같은 날의 반복처럼 느끼는 사람도 있다. 그 담담한 일상을 즐기는 사람도 있고, 반대로 어제와 마찬가지로 아무런 일도 일어나지 않는 나날을 지루하게 받아들이는 사람도 있다. 매일을 지루하게 살아가는 사람은 불만족스러운 상태로 살아간다.

이 차이는 어디에서 나올까. 담담하게 하루하루의 생활을 즐기는 사람은 일상 속에 존재하는 '일기일회'를 소중하게 여기는 사람이다. 정원에 뿌린 씨에서 싹이 나왔다. 쇼핑을 가는 길에 제비가 둥지를 틀고 있었다. 그러고 보니 어제보다 바람이 약간 차가워진 듯하다…. 이런 식으로 작은 변화를 어제와는 다른 사건으로 몸과 마음으로 새롭게 느끼는 것이다. 이와 반대로, 하루하루의 생활을 지루하게 느끼는 이유는 일상의 평온한 변화를 깨닫지 못하고 큰 변화에만 주목하기 때문이다.

장수를 한다는 것은 그만큼 많은 것을 경험한다는 의미다. 수많은 경험을 쌓다 보면 호기심을 잃어버릴 수 있다. 그러나 호기심을 가지고 있으면 담담한 나날조차 사랑스럽게 느껴진다. 호기심은 행복을 안겨주는 씨앗과 같다.

일상생활 속에서 작은 사건에 얼마나 호기심을 가질 수 있을까. 이것은 행복의 의미에서도 매우 중요한 문제다. 일상생활은 담담하게 이어지는 매일의 연속이다. 특별한 사건은 없을지 모르지만 바로 그런 일상생활 속에 평온한 행복이 존재한다.

오늘이라는 날은 누구에게나 평등하게 찾아온다. 두 번 다시 같은 날은 찾아오지 않는다. 이 귀중한 하루를 즐겁게 보낼 것인가, 아니면 불평을 하면서 보낼 것인가. 그것은 본인 하기 나름이다. '하루하루가 재미없어.'라고 생각하는 사람은 어제와는 다른 오늘의 변화를 다시 찾아보도록 하자.

심플하게 나이 드는 기쁨

당신의 보물은
무엇인가

액세서리를 좋아하는 여성이 있었다. 아름다운 반지나 목걸이 등을 보면 가슴이 설레서 젊은 시절부터 월급을 모아 마음에 드는 액세서리를 구입해 왔다. 그녀는 조금씩 늘어가는 액세서리를 바라보면서 말로 표현하기 어려운 만족감을 느꼈다.

그렇게 세월이 흘러 60세가 넘을 무렵 그녀는 한 가지 사실을 깨달았다. 새로운 액세서리를 구입해도 예전처럼 가슴이 뛰지 않는다는 것이다. 액세서리를 구입한 그날은 집에서 하루 종일 들여다보며 좋아하지만 일주일 정도 지나면 그 기쁨은 어딘가로 사라져 버린다.

때마침 친구와 보물 이야기를 나누게 되었다.

"너의 보물은 뭐니?"

그 질문을 들은 여성은 자신의 보물을 즉시 떠올릴 수 없었다. 나름대로 값비싼 액세서리들을 가지고 있었지만 그것들을 당당하게 '보물'이라고 말할 수는 없었다.

집으로 돌아오는 길에 그녀는 자신의 보물이 과연 무엇일까 생각해 보았다. 집에 도착한 이후, 즉시 장식장을 열고 액세서리들을 꺼내 들여다봤다. 모두 자신이 원해서 구입한 것들이었지만 딱히 보물이라 할 만한 것은 찾을 수 없었다.

문득 장식장 안쪽으로 눈길을 돌리자 녹이 슨 철제 보석함이 보였다. 무엇인지 궁금해 꺼내서 열어보니 장난감 반지와 목걸이가 가득 들어 있었다. 초등학생 시절에 용돈을 모아 구입하거나, 생일에 부모님을 졸라 선물받은 액세서리였다. 장난감이니까 가격은 당연히 쌌다. 아마 몇천 원 정도였을 것이다.

심플하게 나이 드는 기쁨

그것들을 본 순간 그녀는 초등학생 시절의 기분이 되살아났다. 너무 가지고 싶어서 잠도 잘 수 없었던 장난감 반지! 그것을 손에 넣었을 때의 기쁨이 60세가 넘은 지금도 선명하게 머릿속에 되살아났다. 그녀는 어느 틈엔가 장난감 반지를 들여다보면서 눈물을 흘리고 있었다. 어쩌면 그 눈물은 과거의 자신과 만난 감동의 눈물이 아닐까.

어린 시절의 자신과 만난다. 과거에 느꼈던 설렘과 감동을 만난다. 이처럼 달콤한 추억과 감정이 단번에 되살아나는 순간이 있다. 그런 자신을 만났을 때의 감동, 그것이야말로 진짜 보물이다.

그 계기가 되는 것은 물건만이 아니다. 영화나 장소, 음악 등 매우 다양하다. 돈을 지불해도 구입할 수 없는, 그 무엇도 대신할 수 없는 그런 추억이야말로 여러분의 보물이다. 그리고 그것은 자기 자신만 가지고 있다.

여러분에게 보물은 무엇일까? 그 무엇도 대신할 수 없는 것을 찾아야 한다. 그 대답을 찾는 것이 현재의 자신과 마주할 수 있는 계기를 마련해 줄 것이다.

2장

나이 들어
더 이해되는
인간관계의 행복

늙음과
싸우지 않는다

선어에 '한고추(閑古錐)'라는 말이 있다. '고추'는 오랫동안 사용해서 무뎌진 송곳을 가리킨다. 새 송곳은 끝이 날카로워서 쉽게 구멍을 뚫을 수 있지만 오랜 세월 동안 사용하다 보면 끝이 무뎌져 구멍을 뚫기가 쉽지 않다. 새 송곳을 쓸 때보다 힘이 두 배로 들 수 있다.

하지만 그 낡은 송곳을 좋아하는 사람도 있다. 새 송곳은 날카로워 사용하기는 편리하지만 그만큼 위험하기도 하다. 잘못 다루면 자칫 부상을 당할 수 있다. 하지만 낡은

심플하게 나이 드는 기쁨

송곳은 구멍을 뚫는 데에 시간이 걸리기는 해도 부상을 당할 우려는 상대적으로 적어서 안심하고 사용할 수 있다.

그 안도감은 '원숙미'에서 비롯된다. 선의 세계에서는 원숙미야말로 존중받아야 할 훌륭한 가치라고 여긴다. '한고추'의 '한'이 의미하는 것은 '안정'이다. 다시 말하면 마음이 안정된 상태다. 원숙미가 있는 곳에 안정이 깃들어 있다는 뜻이다.

선의 세계에서는 오랜 세월에 걸쳐 수행을 쌓아 나이를 먹은 선승을 '노고추(老古錐)'라고 부르기도 한다. 평온하고 원숙한 노승의 모습에 경의를 표하는 것이다. 같은 경을 외고 같은 말을 해도 젊은 선승과 고령의 선승은 전혀 다른 경을 외는 것처럼 들린다. 이 차이는 원숙미에 있다. 고령의 선승은 입이 아닌 마음으로 경을 외기 때문이다. 마음으로 외려면 그에 상응하는 시간이 필요하며, 그것은 '한고추'가 완성해 낸다.

예를 들어, 지역 사회에서의 커뮤니티는 같은 세대 사

람들만 모여 있는 것보다 여러 세대 사람들이 모이는 쪽이 시야가 넓고 활발한 커뮤니티가 된다. 젊은 사람의 경우는 부모나 선생님에게 상담할 수 없을 것을 커뮤니티에서 만난 인생 선배들에게 상담할 수 있다.

어린 시절, 가족이나 선생님 이외에 상담을 할 수 있는 어른의 존재 덕분에 도움을 받은 경험이 있는 사람도 있을 것이다. 다시 말하면, 나이를 먹어도 나이를 먹은 사람으로서의 역할이 있다는 뜻이다.

젊은 사람에게는 젊은 사람의 역할이 있고 나이가 들면 그에 따른 역할이 생긴다. 바꾸어 말하면, 나이를 먹으면 지금까지와 마찬가지로 살 수는 없다는 뜻이다. 예를 들어 젊었을 때 리더 역할을 담당했던 사람이 나이를 먹은 뒤에도 계속 리더 역할을 맡으려 하면 거기에는 반드시 저항이나 무리가 발생한다. 당사자는 젊은 시절과 마찬가지로 얼마든지 리더 역할을 수행해 낼 수 있다고 생각하지만 주변 사람들은 난처해한다.

젊은 사람들과 경합을 하는 모습도 바람직하지 않다. "나는 아직 젊어." 하고 스스로를 내세우는 모습은 사람들의 눈에 바람직한 모습으로 비치지 않는다. 나이를 먹으면 젊은 사람과 경쟁을 할 것이 아니라 숙련된 능력이나 안정감 등을 기반으로 나이를 먹었기 때문에 할 수 있는 것을 해야 한다.

인간관계를
정리한다

　주변의 인간관계를 바라보면 꽤 다양한 관계가 존재한다는 것을 알 수 있다. 어린 시절에는 함께 뛰놀았던 동네 친구를 비롯하여 학창 시절의 친구가 있고, 취직을 하면 상사나 동료, 부하 직원 등 직장의 인간관계가 있고, 결혼을 하면 배우자의 가족이나 친구도 더해지고 자녀가 생기면 학부모 동료들도 생긴다.

　살다 보면 좋든 싫든 인간관계가 자연스럽게 확장된다. 동시에 '반드시 상대해야 할 사람'도 점차 증가한다. 학창 시절이라면 만나고 싶지 않은 사람을 굳이 만나야 할 필요는 없지만 사회에 진출하면 그렇지 않다. 상사가 싫어도 무시할 수 없고, 마음이 내키지 않는 인간관계를 지속해야 하는 불편한 상황도 만들어진다.

인생을 즐겁게 살 수 있는가 하는 문제는 인간관계에 달려 있다고 하는데, 반대로 우리가 끌어안고 있는 대부분의 고민 역시 인간관계와 관련이 있다. 내키지 않는 인간관계에서 해방되면 마음이 가벼워진다. 그러나 현실적으로는 마음에 드는 사람만 상대할 수 없다.

단, 마음에 드는 사람만 상대하고 싶다는 매우 독선적인 생각도 노년으로 접어들면 가능하다. 나이를 먹음에 따라 자신이 살아가는 세상은 자연스럽게 축소된다. 일을 그만두면 직장이라는 세상은 사라진다. 어린 시절의 친구들도 어느 틈엔가 하나둘 사라진다. 학창 시절의 친구들도 자연스럽게 소식이 끊긴다. 나이를 먹는다는 것은 이른바 인간관계가 축소된다는 의미이기도 하다.

관계를 지속하기 위해 집착하지 않는 것도 노년의 지혜다. 물론 인간관계가 줄어드는 것을 서글프게 느끼는 사람도 있을 것이다. 매년 연하장 수가 줄어들고 전화번호부에서 친구의 이름이 사라지고 먼 친척과의 만남이 줄어드는 등, 주변 사람들이 줄어드는 데에서 사회로부터 동떨어져 가는 듯한 기분이 들 수도 있다.

그 외로움에서 벗어나려고 지금까지의 인간관계에 집착하는 사람이 있는데, 그것이 일방적일 경우 불편한 관계가 되어버린다.

나이를 먹으면 인간관계를 정리해야 한다. 정말로 마음이 통하는 사람하고만 함께 시간을 보내면 된다. 그렇다고 무리해서 만남을 피할 필요는 없다. "이제 당신과는 더 이상 만날 수 없을 것 같습니다."라고 말한다면 악감정만 낳을 것이다. "올해를 마지막으로 연하장은 더 이상 보내지 않겠습니다."라는 메시지를 보내는 사람도 있는데, 굳이 그런 선언을 하지 않아도 어느 한쪽에서 자연스럽게 떠나게 된다.

심플하게 나이 드는 기쁨

사람과 사람의 인연은 묘한 것이어서 한쪽이 인연을 유지하고 싶다고 생각하면 상대방의 마음에도 전달된다. 그 생각을 행동으로 옮기든 옮기지 않든 인연은 묘하게도 지속된다. 반대로, 지속하고 싶다고 생각하지 않는 인연은 가만히 내버려두면 소멸되어 간다. 그 흐름을 따르다 보면 인간관계도 자연스럽게 정리될 것이다.

편지를 쓰며
오감을 깨운다

요즘에는 스마트폰이 완벽하게 보급되어 70대나 80대
의 고령자까지 일상적으로 사용하고 있다. 매우 편리한 통
신수단이고 이제 스마트폰 없이는 커뮤니케이션이 불가
능할 정도다.

그러나 불과 얼마 전까지는 편지를 쓰는 것이 일상이
었다. 나이를 먹어 시간의 흐름이 완만해졌다면 편지를 써
보는 게 어떨까. 일부러 편지를 쓰지 않아도 전자메일을
보내는 쪽이 간단하고 빠를지 모른다. 맞는 말이지만 편지

로만 전할 수 있는 것도 있다.

"긴자에 좋은 음식점을 발견했는데 이번 연휴에 함께 가보지 않겠나?"

친구에게 이런 메일을 보냈다고 하자. 이것만으로 볼일은 충분히 전달할 수 있고 상대방으로부터 답장도 즉시 돌아올 것이다. 불필요한 시간 낭비는 전혀 없다. 자주 만나는 친구라면 이것으로 충분할 수 있다. 하지만 오랜만에 만나는 친구라면 편지를 써보기를 권한다.

편지라면 한 마디로 끝내는 문장을 작성하지는 않을 것이다.

"얼마 전 오랜만에 긴자에 나갔어. 5년 전에 함께 간 적이 있지? 그때와는 많이 바뀌었더라고. 네 생각에 잠겨 있는데 꽤 괜찮은 음식점을 발견하게 되었어. 이번 연휴에 함께 가보지 않겠어?"

이런 엽서가 도착한다면 상대방은 따뜻한 정을 느낄 것이다. 글 속에서 빛이 배어 나오는 듯하다. 볼일 이외의 '불필요한' 말에서 두 사람의 관계성은 빛난다.

무엇보다 글을 쓰면 두뇌 활동이 촉진된다. 편지뿐 아니라 문장을 쓰는 것 자체가 무엇보다 효과가 좋은 두뇌 체조다. 컴퓨터 등을 사용하지 않고 머리로 쓰고 싶은 내용을 생각한 뒤 손으로 펜을 잡고 종이에 글을 써 내려간다. 잘못 썼으면 새로 작성해도 된다. 이 불필요한 작업이 두뇌 활동을 촉진해 준다.

승려는 때로 사경(寫經)을 하는데, 먼저 먹을 간 뒤 화선지를 정성스럽게 펴놓고 붓을 사용하여 반야심경을 필사한다. 신경을 집중시켜 붓을 움직이다 보면 상쾌한 기분을 맛볼 수 있다. 글씨를 쓰는 행위는 마음을 정돈하는 데 탁월한 효과가 있다.

오랜 기간 노년기의 의료에 종사해 온 의사가 이런 말을 했다.

"인간은 늙으면 자연을 가깝게 느끼게 되고 감각이 예민해지는 부분이 있습니다."

나이를 먹으면 젊은 시절에는 눈에 들어오지 않았던 길가에 핀 꽃의 아름다움에 눈을 빼앗기게 된다. 귀를 기울이면 바람 소리가 바뀌었다는 사실도 깨닫게 된다. 자연의 아름다운 모습을 느끼게 될 경우, 그 기쁨이나 감동을 편지에 써서 누군가에게 알려주는 게 어떨까.

"우리 집 주변에 봄이 찾아왔습니다."

이런 아름다운 편지를 받고 기뻐하지 않는 사람은 없을 것이다.

매일 가는 시장에서도
인간관계가 형성된다

내 지인의 어머니는 매일 시장에 간다. 고령이어서 다리에 힘이 없어 자주 넘어지기 때문에 딸은 늘 걱정이다.

"굳이 어머니가 시장에 가지 않아도 필요한 건 제가 일 끝내고 집에 올 때 사 올게요."

이렇게 말하며 만류해도 어머니는 아랑곳하지 않고 거의 매일 시장에 나간다. 이처럼 나이를 먹은 어머니를 걱정하여 집에서 나가지 못하게 하는 자녀들이 있다. 확실히 집 안에 가만히 있으면 몸도 편하고 부상을 당할 걱정도 없을 것이다.

그런 한편, 쇼핑을 나가는 것은 매우 즐거운 경험도 안겨준다. 혼자 생활하는 노인인 경우, 밖으로 나가지 않으면 하루 종일 다른 사람과 대화를 나누지 못하는 경우도 있다. 전화 등으로 커뮤니케이션을 취할 수도 있지만 중요한 것은 실제로 사람을 만나 나누는 대화다.

굳이 대화를 나누지 않는다고 해도 서로 눈을 보고 인사를 하는 것만으로도 충분하다. 채소 가게 아저씨에게 "안녕하세요, 오늘은 날씨가 덥네요."라고 말을 걸면 "네, 어머니. 더우니까 들어오셔서 시원하게 바람 좀 쐬고 가세요."라는 대답이 돌아온다. 이렇게 간단한 대화를 통해서도 마음은 충족감을 느낄 수 있다.

앞에서 소개한 고령의 어머니도 시장에 갈 때마다 사람들과 인사를 나눈다. 이미 수십 년 동안 되풀이해 온 일이다. 가게에 따라서는 주인이 자녀들로 바뀌어 2대째 이용하고 있는 곳도 있다. 단지 인사 정도 나누는 관계이기 때문에 서로의 가정사는 잘 모르고 이름조차 모르는 사람도 있다. 그런 관점에서 보면 매우 얄팍한 관계다.

그 고령의 어머니가 여느 때처럼 시장에 가서 물건을 사고 있을 때의 일이다. 턱이 진 곳에서 실수를 하여 그만 넘어지고 말았다. 어떻게든 일어나 보려고 했지만 통증이 심해서 도저히 일어설 수 없었다.

그러자 그 모습을 보고 있던 상가 사람들이 즉시 어머니에게 달려왔다. 정육점 주인, 채소 가게 주인, 약국의 약사, 옷 가게 주인까지 모두 뛰어나왔다. 그리고 다 같이 입을 모아 "아주머니, 괜찮으세요?"라고 물어보며 어머니를 안아 일으켰다.

그 광경을 본 커피숍 주인이 즉시 119로 전화를 걸었고 어머니는 병원에서 처치를 받고 무사히 집으로 돌아올 수 있었다. 딸은 후일 도와주었던 분들에게 일일이 감사의 말을 전했다고 한다.

단지 인사나 나누는 얄팍한 관계처럼 보였지만 거기에는 나름대로 깊은 인연이 존재한다는 사실을 깨달았다. "안녕하세요."라고 인사하는 어머니의 미소 띤 얼굴이 시장 사람들의 마음에 확실하게 남아 있었던 것이다.

인사를 나누면 고립되지 않는다. 인사는 사람과 사람의 관계를 맺어주는 최초의 언어다. 모르는 사람끼리 처음 만나면 당연히 인사부터 시작해서 관계가 형성된다.

대인관계가 좋은 사람과 서투른 사람이 있다. 대인관계가 좋은 사람을 보고 있으면 인사를 정말 잘한다. 아는 사람을 만날 때마다 빼놓지 않고 인사를 한다. 한편, 대인관계가 서투른 사람을 보면 아는 사람을 만나도 고개를 숙이고 말없이 지나치거나 설사 인사를 한다고 해도 작은 목소리로 혼잣말을 하듯 중얼거린다. 고작 인사가 뭐 대단한 것이냐고 생각할 수 있지만 그 사소한 인사야말로 인간관계를 구축하는 데에 매우 중요하다.

일상생활에서 자주 만나는 사람들은 많이 있다. 이웃 사람들, 시장이나 상가에서 장사하는 사람들, 매일 아침 산책을 할 때 만나는 사람들…. 상대방에 관해서 자세히 알아야 할 필요는 없고 특별히 친해지려고 노력하지 않아도 된다. 그러나 매일 마주치는 사람이라면 반드시 인사는 하도록 하자.

한마디의 인사를 통하여 서로의 마음이 부드럽게 풀어진다. '옷깃만 스쳐도 인연'인 것이다. 평소에 인사를 잘하는 것만으로도 고립된 생활에서 멀어진다.

가까운 사람들과의
관계를 돌아본다

과거 '이웃과의 관계'는 매우 중요해서 생활 속에 깊이 관여되어 있던 시대가 있었다. 그 지역에서 마음 편히 살려면 이웃 사람들과의 관계가 매우 중요한 의미를 가졌다.

과거에는 같은 지역에서 생활하는 사람들은 비슷한 환경에 둘러싸여 살았다. 가족 구성도 비슷하고 경제적인 측면에서도 비슷했다. 나아가 단지에서 생활하는 사람들은 직장까지 비슷한 경우가 많았다. 그럴 경우, 가슴속에 있는 고민이나 현재 직면해 있는 문제 등이 비슷하기 때문에

설사 표면적이라고 해도 서로를 이해하는 관계가 형성될
수 있었다.

하지만 현대사회는 같은 지역에 살고 있다고 해도 각
각의 환경이 전혀 다르다. 60세를 넘어서도 열심히 일을
하는 사람이 있는가 하면, 유유자적한 생활을 즐기는 사람
도 있다. 따라서 '이웃'이기 때문에 사이좋게 지내야 한다
는 발상은 더 이상 필요하지 않게 되었다. 간장이나 고추
장을 빌리고 빌려주는 관계는 현대사회에서는 형성될 수
없게 된 것이다.

그러나 예상하지 못한 재해 등이 발생하면 서로 도움
을 주고받아야 한다. 평소에는 깊은 관계가 아니라고 해도
서로 이웃에 살고 있다는 사실은 알 정도의 관계는 유지해
두어야 한다.

한신·아와지 대지진(阪神·淡路大震災: 고베 대지진), 니
가타현 주에쓰 대지진(新潟県中越大震災)이 발생한 후 두
곳 모두 자원봉사를 갔던 사람이 이렇게 말했다.

"대다수의 사람들이 피신을 해야 했습니다. 고베의 중

학교에서도 체육관이나 교실을 개방해서 피신해 온 사람들을 수용했지요. 밤이 되면 불안한 마음에 아이들이 울음을 터뜨리기 시작합니다. 그 울음소리를 듣고 어디선가 '시끄러워!'라는 고함이 날아옵니다. 대피소는 즉시 어색하고 불안한 분위기에 휩싸입니다. 한편 니가타현의 대피소는 매우 평온했습니다. 어린아이가 울기 시작하면 할머니들이 다가와 달래주거나 마실 것을 주었습니다. 모두 힘을 합쳐 어려운 상황을 이겨내자는 마음이 자연스럽게 샘솟는 듯했습니다."

이 두 대피소에서 발생한 일은 무엇이 원인이었을까. 대피소에는 같은 지역에 사는 사람, 이른바 이웃 사람들이 피신을 해온다. 그러나 고베 같은 도시 지역에서는 이웃이라고 해도 얼굴을 아는 사람이 거의 없다. 서로를 모르는 사람들끼리 있다 보니 얼굴을 본 적도 없는 아이가 울면 당연히 그 울음소리가 시끄럽게 들릴 것이다.

한편 니가타현의 대피소에서는 모두가 아는 얼굴이었다. 아이가 울면 "아, ○○집 아이구나."라는 사실을 즉시 인지한다. 그 부모와도 잘 아는 사이라서 어떻게든 도와

주려고 자연스럽게 서로 협력하는 따뜻한 분위기가 만들어진다.

　같은 지역에 산다고 해서 굳이 친밀하게 지내려고 노력할 필요는 없지만 서로의 존재만큼은 알아두는 것이 좋다. 무슨 일이 있으면 서로 도와줄 수 있는 관계를 의식적으로 구축해 두어야 한다.

먼저 '나부터'
베푼다

불교에 '이타의 정신'이라는 것이 있다. '이타(利他)', 즉 타인의 이익을 먼저 생각하라는 가르침인데, 자신의 이익을 우선하는 것이 아니라 상대방의 이익을 먼저 생각하고 행동하라는 뜻이다.

젊은 시절에는 아무래도 자신의 욕망을 충족시키는 것을 가장 우선시하기 쉽다. 달리 말하면 욕망을 충족시키려 하는 힘이야말로 젊은 사람이 살아가는 에너지가 될 수도 있다.

하지만 나이를 먹어 마음이 성숙해지면 자신의 욕망을 충족시키는 것보다 소중한 사람의 욕망을 충족시키는 쪽이 더 행복하다. 예를 들어 만두 한 개가 있다고 하자. 젊은 시절에는 가족이 먹기 전에 자신이 먹으려 할지도 모른다. 그러나 나이를 먹으면 자녀나 손자 등 소중한 사람에게 망설임 없이 양보한다.

자신이 먹고 싶은 것을 마음껏 먹을 수 있는 것은 행복한 일이다. 그러나 맛있게 먹는 자녀들이나 손자들, 소중한 사람의 미소 띤 얼굴을 보는 쪽이 보다 큰 행복이 될 수 있다. 늙어서도 자신의 욕망만 앞세우는 사람은 자녀나 손자의 부러워하는 표정을 보면서도 태연히 만두를 자기 입 안으로 가져간다.

선의 세계에는 '무심무작(無心無作)'이라는 사고방식이 있다. 자신이 행하는 하나하나의 행위는 모두 '무심'이어야 하고, 그 행위에 책략이나 계산이 있어서는 안 된다는 뜻이다.

우리는 누군가에게 무엇인가를 해주면 자기도 모르게

그 보답을 바라게 된다. 설사 그럴 생각이 없다고 해도 마음 한편에서는 그런 기대를 하게 된다. 선의 세계에서는 보답이나 칭찬 등을 기대하지 않는다. 단지 그 사람을 생각하고 행동하는 데에서 사람으로서의 아름다움, 맑고 청량한 삶을 발견한다.

서양에서는 '기브 앤드 테이크'의 사고방식을 당연하게 생각한다. 이쪽이 무엇인가를 해주면 그 행위에 걸맞은 보답이 돌아오는 것이 당연하다는 사고방식이다. 예를 들어, 20만 원짜리 선물을 받았다면 이번에는 이쪽에서 20만 원짜리 선물을 해야 한다는 뜻이다. 서양식 인간관계의 기본에는 '플러스마이너스제로(Plus-Minus-Zero)'라는 발상이 존재한다.

그러나 동양에는 '기브 앤드 테이크'가 아니라 '나눔'의 문화가 뿌리 깊게 존재한다. 맛있어 보이는 생선이 들어왔을 때 이웃 사람에게 세 마리를 나누어주었다고 하자. 며칠 후, 생선을 받은 이웃이 고구마를 가지고 온다. 이때 '나는 생선을 세 마리나 줬는데 저 사람은 고구마 몇 개만 가지고 오다니. 왠지 손해를 보는 것 같은데…'라고 생각하는 사람은 없을 것이다. 적어도 과거에는 그런 사람이 없었다.

여기에서 중요한 것은 무엇을 주었는가 하는 것이 아니라 '함께 나누었다'는 마음이다. 그것을 받은 상대방이 기뻐하는 표정을 보는 것만으로 이미 보답은 충분히 받은 것이다. 진정한 '나눔'은 물건이 아니라 마음이다.

나이를 먹으면 마음도 성숙해지니까 주변 사람들을 기쁘게 하기 위해 무엇을 할 수 있을지 생각해 보자. 다른 사람에게 받는 것만 생각하고 있으면 마음속에 불평불만이 끓어오르지만 다른 사람을 기쁘게 해줄 일을 생각하면 미소가 끊이지 않는다.

　　　　　　　　심플하게 나이 드는 기쁨

대접을 하며
활력을 되찾는다

내 지인 중에 80세를 넘은 여성 S씨가 있다. S씨는 남편이 세상을 떠난 이후 20년 가까이 혼자 생활하고 있다. 고령의 나이에 혼자 생활하고 있으니 상당히 힘들겠다는 생각이 들지만 S씨는 늘 즐거운 표정에 생기가 넘친다.

"늘 건강하고 즐거워 보이시네요. 비결이 뭡니까?"

내가 묻자 S씨는 이렇게 말했다.

"가끔 친구들을 집으로 초대해요. 특별히 대접을 하는 건 아니지만 과자나 차 정도는 낼 수 있지요. 그렇게 친구들을 불러 즐겁게 수다를 떠는 것뿐이지만 그 시간이 저는 너무 즐거워서 매일 재미있게 보낼 수 있어요."

사실 S씨는 낯을 많이 가려서 사람들을 상대하는 데에 서투르다 생각하고 있었다. 특히 남편이 세상을 뜬 이후부터는 집 안에 틀어박혀 지내는 일이 많았다.

그러던 어느 날, 예전에 알고 지내던 사람을 우연히 만났다. 자녀들이 학교에 다닐 때 어울렸던 학부모 동료인데, 자녀가 성장함에 따라 자연스럽게 만날 기회가 줄어 소원해진 사람이었다.

S씨는 그날 큰마음 먹고 그녀를 집으로 초대했다. "정말 반가워요. 시간이 괜찮으면 우리 집에서 차라도 한잔 하실래요?"라고. S씨는 지금까지 남편의 지인들을 집으로 초대해서 대접한 적은 있어도 자신의 지인을 초대한 적은 없었다. 그래서 그때 왜 이런 초대를 했는지 본인도 꽤 의아했다고 한다.

하지만 이것이 계기가 되어 S씨는 가끔 지인들을 집으로 초대하게 되었다. 혼자 생활하는 집은 넓지 않지만 그래도 두세 명 정도는 앉아서 충분히 차를 마실 수 있다. 차

와 과자를 놓고 지인들과 대화를 즐기는 시간이 S씨에게
는 큰 기쁨이 되었다.

지인을 집으로 초대하는 습관은 S씨에게 재미있는 변
화를 안겨주었다. 그중 하나가 복장에 신경을 쓰게 된 것
이다. 예를 들어, 지금까지는 양말이 약간 낡았어도 별 신
경을 쓰지 않았다. 하지만 혹시라도 갑자기 지인을 집으로
초대할지도 모른다는 생각을 하자 단정한 차림을 갖추게
되었다. 나아가 집 안도 몰라볼 정도로 깨끗해졌다. 정성
을 들여 청소하게 되었고 차를 내놓는 식탁은 늘 깨끗하게
정돈하게 되었다.

누군가를 집으로 초대하는 것은 일상에 활력을 준다.
식사 준비를 할 때에도 '다음에 지인들을 초대하면 이런
요리를 해줄까?' 하는 식으로 생각하고, 제과점 등에서 맛
있는 과자를 발견하면 자연스럽게 지인들의 얼굴을 떠올
릴 것이다.

또 일상의 작은 깨달음이나 감동도 다음에 만났을 때

에 이야기해야겠다고 생각하는 것만으로 마음이 설렌다. 이처럼 대접을 하는 습관은 일상에 약간의 긴장감을 안겨준다. 이것은 생활 그 자체에도 변화를 주지만 무엇보다 마음에 활력이 차오른다. 이 활력이야말로 S씨가 생기 있게 살아갈 수 있는 원천으로 작용한다.

집으로 사람을 초대하는 것이 귀찮게 느껴질 수 있지만 상상 이상으로 놀라운 변화를 안겨준다. 대접을 하면서 일상을 즐기는 것이다.

심플하게 나이 드는 기쁨

불평불만을
내뱉고 싶을 때

불교에서는 인간의 마음속에 세 가지의 '독'인 '탐(貪)', '진(瞋)', '치(癡)'가 있다고 말한다. 이 세 가지의 독은 모든 사람이 가지고 있다.

첫 번째 독인 '탐'은 '탐욕'의 '탐'이다. 즉, 욕심이다. 인간은 욕심을 충족시키면서 살고 있다. 무엇인가 하나를 손에 넣어도 그것만으로 만족하지 못해 더욱 강렬한 욕망이 끓어오른다. 물욕뿐 아니라 때로는 타인의 마음까지 손에 넣으려 한다. 탐욕스러운 마음의 끝에는 만족감이 존재하지 않는다. 오히려 불만만 증가하기 때문에 욕망이 커지면 커질수록 불만이 늘어난다.

두 번째의 독인 '진'은 분노의 감정이다. 우리는 자기도 모르게 사소한 일로 화를 내고 그 감정을 상대방에게 퍼붓는다. 자기도 모르게 끓어오르는 분노의 감정은 어쩔 수 없지만 그 분노를 자신의 마음에 가두어둘 수 있어야 한다. 사실 분노는 계속 이어지지 않는다. 시간이 지날수록 가라앉으니까 그것이 가라앉기를 기다려야 한다. 그렇지 못한 사람은 당연히 인간관계를 나쁘게 만든다.

"화가 날 때는 밥공기라도 던져서 부숴버리면 속이 시원해진다."는 말이 있지만 이것은 옳지 않다. 정말로 화가 났을 때에는 물건을 대상으로 화풀이를 할수록 더 격해진다. 이것은 심리학에서도 증명이 되었다. 이처럼 분노의 감정을 없애는 것은 쉽지 않기 때문에 그 감정을 컨트롤할 수 있는 능력을 갖추어야 한다. 감정을 컨트롤하는 가장 큰 능력은 시간이 지나 가라앉기를 기다리는 여유다.

세 번째 독인 '치'는 '어리석음'이다. 상식을 모르고 도덕심이 결여되어 있으며 교양이 갖추어져 있지 않은 상태다. 인간은 모두 어리석은 부분을 가지고 있다. 예를 들어, 해서는 안 된다고 머리로는 이해하고 있지만 이런저런 핑계를 붙여 결국 일을 저지르고 이후에 자책감에 사로잡힌다. 그런 경험은 누구에게나 있을 것이다.

인간은 정말 어리석은 존재다. 아무리 인류가 진화를 해도, 기나긴 역사 속에서 배워야 할 수많은 멋진 가르침이 있어도 같은 실수를 되풀이하면서 살아간다.

아무리 긴 인생을 살아왔다고 해도 이 세 가지 독이 완전히 사라지기는 어렵다. 나이가 들어 너그러워지는 사람도 있지만 모든 사람이 너그러워지는 것은 아니다. 나이를 먹음에 따라 '세 가지 독'은 없애도록 노력해 보자.

자신의 내부에 존재하는 세 가지 독을 깨달았으면 '나이'라는 경험에서 우러나는 지혜의 베일로 몸을 감싸자. 그리고 시간의 흐름에 그 독들을 띄워 보내자. 그런 마음가짐을 갖추면 불평이나 불만은 자연스레 줄어든다. 불평불만은 세 가지 독의 표면에 드러나 있는 경우가 많기 때문이다.

편안한 인간관계를
만들기 위해 중요한 것

나이를 먹으면 그에 따라 친구에게 바라는 것이 바뀌고 만남의 질도 바뀐다. 젊은 시절과 달리 가슴 설레는 즐거움이나 자신의 감정을 드러내는 깊은 인간관계는 사라진다. 거기에 외로움을 느끼는 사람도 있을지 모르지만 반대로 인간관계의 집착에서 해방되어 가는 것이라고 생각할 수도 있다.

나이를 먹어서 생기는 새로운 인간관계도 있지만 무리해서 그 관계를 깊이 끌고 가려 하지는 말자. 지금까지

심플하게 나이 드는 기쁨

각각 다른 인생을 살아온 사람들이기 때문에 당연히 사고방식이나 가치관이 다르고 서로를 이해하기는 매우 어렵다. 따라서 적당한 거리를 유지하면서 표면적인 만남을 가지는 관계로 지내는 것이 좋다. 이것은 결코 가슴 아픈 현상이 아니라 나이와 함께 변화하는 새로운 형태의 인간관계다.

지나치게 가깝지도 않고 지나치게 멀지도 않은 인간관계를 구축하기 위해 중요한 것이 있다. 상대방을 있는 그대로 받아들이는 것이다. 상대방과 자신의 의견이 다른 경우는 흔히 있다. 그럴 경우, 자신의 의견을 이해시키기 위해 열심히 노력하는 사람이 있는데 그럴 필요는 없다. '나를 좀 더 이해해 주면 좋겠다.'는 생각에 상대방을 이해시키려 노력하는 것일 테지만 그 이전에 상대방의 생각이나 의견을 존중하고 받아들이는 게 더 중요하다.

상대방의 의견을 받아들인다는 것은 그 사람의 지금까지의 인생을 긍정한다는 뜻이기도 하다. 서로 긴 시간을 살아왔다. 자신의 방식을 존중받고 싶다면 당연히 상대방의 방식도 존중해 주어야 한다.

그리고 또 하나, 상대방을 볼 때 색안경을 끼지 말아야 한다. 인간에게는 좋고 싫은 기호가 있다. 좋다는 것은 상대방을 긍정한다는 감정이니까 거기에 이유는 필요하지 않다. 그러나 싫다는 감정은 성격이 싫다거나 언행이 거만하다는 식으로 다양한 이유가 있는데, 오해나 헛소문으로 부정적 감정이 싹튼 경우도 많다.

예를 들어 그다지 친하지 않은 C씨를 만났을 때 C씨를 알고 있는 A씨가 "저 사람은 제멋대로야. 그래서 상대하려면 피곤해."라고 한 말이 떠올랐다고 하자. 그럴 경우, 그 느낌은 A씨의 감상인데도 자신도 그렇게 믿고 색안경을 낀 상태로 C씨를 본다. 새로운 인간관계를 형성하게 되었는데 그런 식으로 출발을 한다면 모처럼의 기회가 너무 아깝다.

마음 편한 인간관계를 구축하기 위해 중요한 것은 자신의 의견을 강요하지 않고 색안경을 끼지 않는 것이다.

이것은 나이와 관계없이 중요한 내용이지만 나이가 들수록 더 신경을 써야 한다. 서로 살아온 인생의 무게만큼 천천히 시간을 들여 관계를 만들어가야 한다. 인간관계에서 그런 '기교'를 갖추게 해주는 것이 '늙음'이다.

다른 사람의 도움이
필요할 때가 있다

나이를 먹으면 지금까지 간단히 할 수 있었던 일을 할 수 없게 된다. 신체 이곳저곳에 불편함이 생기고 움직임이 둔해진다. 건망증도 심해지고 새로운 것에 대응하는 능력이 떨어진다. 만약 정말로 신체가 부자유스러워지거나 사고력이나 판단력이 쇠약해진다면 노화를 받아들이지 않을 수 없겠지만 그런 상황이 발생할 때까지는 "아직 내 능력으로 할 수 있어.", "어떻게든 내 능력으로 해결하자." 하는 식으로 최선의 노력을 기울인다.

심플하게 나이 드는 기쁨

체육대회를 할 때 달리기경주 등에서 순간적으로 넘어져 바닥을 구르는 아버지나 어머니의 모습을 본 적이 있을 것이다. 아직 젊으니까 "나는 달릴 수 있어."라는 이미지가 남아 있어 그것을 믿고 달리지만 현실적으로는 몸이 따라주지 못해 넘어져 버린다. 자신에 대해 그런 잘못된 이미지를 가지고 있을수록 그 일이 불가능한 자신을 받아들이기 어려울 것이다.

신체의 쇠약뿐 아니라 최근의 급속한 기술 개발도 고령자들을 힘들게 만든다. 특히 통신기기 등의 발달 속도는 매우 빨라서 반년만 지나면 벌써 새로운 제품이 잇달아 등장한다. 점차 새로운 기능이나 시스템으로 갱신되어 노인은 뭐가 뭔지 알 수가 없다. 사회의 속도를 따라가지 못하는 것은 노인들의 공통적인 고민이다.

할 수 없는 것, 모르는 것은 다른 사람들에게 솔직하게 부탁해 보자. 자신의 능력으로 어떻게든 마무리를 지어보려고 노력하는 태도도 중요하지만 그것이 불가능할 경우 "이건 불가능한 일이야."라고 포기하지 말고 다른 사람에게 부탁을 하는 선택지를 가져야 한다. 다른 사람에게 피해를 끼치고 싶지는 않다고 생각하는 사람도 있겠지만 감사하는 마음을 가지고 부탁한다면 상대방은 오히려 기쁘게 생각하고 도와줄 것이다.

부탁하는 쪽도 다른 사람에게 부탁하는 과정을 통하여 사람에 대한 감사나 소중함을 한층 더 강하게 느끼게 된다. 감사하는 마음을 심화시키면 사람으로서의 깊이 또한 더해진다.

'할 수 없다', '모르겠다'는 것을 비관적으로 받아들이는 사람도 있지만 사실 '의지한다'는 행위로 인해 감사하는 마음이 탄생하기도 한다. 무거운 물건을 들 수 없다면 힘이 있는 사람에게 부탁한다. 통신기기를 사용하는 방법을 알 수 없다면 젊은 사람이나 지인에게 물어본다. 신체가 뜻대로 움직이지 않는다면 주변 사람에게 도움을 청한다. 할 수 없는 일이 있다면 그것을 할 수 있는 사람을 찾아본다. 부탁하는 쪽도, 부탁을 받는 쪽도 서로에게 따뜻한 마음과 감사하는 마음을 가지는 계기가 될 것이다.

심플하게 나이 드는 기쁨

도움을 받고 감사의 말을 전하는 것만으로 노년기의 생활은 풍요로워진다. 흔한 상황을 예로 들면 택배사 직원에게 "고맙습니다."라는 한마디를 전해보는 건 어떨까. 그 사람이 해야 하는 일이니까 당연한 것 아니냐고 생각하는 사람도 있겠지만 자신이 할 수 없는 일을 대신 해준 사람이니까 그 고마움을 전한다면 마음이 한층 따뜻해질 것이다.

거절하는
용기를 가진다

거절을 하지 못하는 사람이 있다. 예를 들어, 친구가 식사나 취미와 관련된 권유를 해오면 마음이 내키지 않거나 흥미가 없어도 거절을 하지 못하고 따라가는 식이다. 그런 경험이 있는 사람은 많을 것이다.

거절을 하지 못하는 이유는 대부분의 경우 미움 사는 것을 두려워하기 때문이다. '권유를 거절하면 상대방이 불쾌해질 테고 두 번 다시 권유하지 않을 것이다. 그 결과 나만 동료들에게 따돌림을 당할지도 모른다.'는 불안감을 가지고 있는 것이다.

하지만 상대방이 불쾌한 기분을 느끼게 하지 않게 하려면 말투를 연구하면 된다. '거짓말도 한 가지 방편'이라는 말처럼 "그날은 볼일이 좀 있어."라는 식으로 말한다면 상대방도 기분이 나쁘지는 않을 것이다. 또 미소를 띠고 "이번에는 좀 힘들 것 같아."라고 말한다면 상대방은 이해해 줄 것이다.

만약 끈질기게 그 이유를 묻는다면 "비밀!"이라고 말하고 싱긋 미소를 지어 보이면 된다. 이런 거절을 세 차례 정도 시도해 보면 아마 더 이상 권유는 하지 않을 것이다. 그렇게 되면 불필요한 만남 하나는 줄일 수 있다.

또 두 번 다시 권유하지 않을지 모른다는 불안감 때문에 거절을 하지 못하는 경우라면 그것은 시간의 문제일 뿐 결국에는 멀어질 관계라고 생각하는 쪽이 좋다. 자신의 감정을 억제하면서까지 상대방의 기분을 살피는 관계는 자신에게 필요한 관계가 아니다.

몸도 마음도 무리하면 안 되는 나이라는 사실을 자각

하자. 무리하면 안 되기 때문에 평온하게 지내기 위해 어떻게 해야 좋은지, 자신을 소중하게 여기는 생활은 무엇인지 생각해 봐야 한다.

그렇게 거절을 하다 보면 친구들이 모두 사라져 외로워지는 것 아닌가 하는 걱정을 할 수도 있지만 외로움은 자신의 생활방식을 통해서 얼마든지 메꿀 수 있다. 그보다 마음이 내키지 않는 친구 관계를 유지하기 위해 몸과 마음을 상하게 하는 쪽이 훨씬 더 문제다.

또 하나, 권유를 거절하지 못하는 사람은 '좋은 사람'으로 보이고 싶다는 심리가 작용하는 경우도 있다. 이 '좋은 사람'에는 두 종류가 있다. 하나는 문자 그대로 멋진 사람이라는 의미다. 성격이 좋고 신뢰할 수 있는 사람을 가리키는 말이다. 또 하나는 '잘 맞춰주는 사람'이다. 예를 들어 '한 사람이 갑자기 빠지게 되어서', '참가자는 많은 쪽이 좋으니까', '혼자 가는 것보다는 나으니까' 등과 같은 상대방의 사정에 따라 '잘 맞춰주는 사람'이다.

그런 권유의 경우, 당신이 참석하겠다는 말을 하면 "너는 정말 좋은 사람이야."라는 식으로 추켜세운다. 하지만 이런 상황에서 좋은 사람으로 보이기 위해 참가하는 것보다는 오히려 미움을 사더라도 참가하지 않는 쪽이 낫다. 왜냐하면 참가하는 사람이 반드시 '당신'이어야 하는 것은 아니니까. 당신 자신이 바라는 것도 아니고 단지 '머릿수', '참가비'가 필요한 것뿐이니까.

몸과 마음이 모두 건강해질 수 있는, 미소가 넘치는 만남은 정말 바람직하다. 자신은 어떤 사람과 친구가 되고 싶은지, 어떤 동료와 있고 싶은지, 그것을 명확하게 정하고 그렇지 않은 권유는 거절하는 용기를 가져야 한다. 그것이 몸과 마음의 건강과 연결된다는 사실을 명심하자.

혼자
여행을 떠나본다

예전에는 여성 혼자 여행을 한다고 하면 주변 사람들이 이상한 눈으로 보는 경우가 많았지만 지금은 많은 여성들이 혼자 여행을 즐긴다. 친구와 가는 여행도 북적이고 즐겁지만 혼자 하는 여행은 뜻밖의 만남이나 인연이 생기기도 하니까 이 또한 각별한 의미가 있다.

혼자 하는 여행은 자신이 가고 싶을 때 가고 싶은 장소로 떠날 수 있고 여행지에서 무엇을 할 것인가 하는 문제도 마음대로 결정할 수 있다. 친구와의 여행은 어느 정도

심플하게 나이 드는 기쁨

계획이 필요하지만 혼자 하는 여행은 굳이 계획을 짜지 않아도 그때그때 상황에 따라 정하면 된다는 의미에서 매우 자유롭다는 사람도 있다.

혼자 전철이나 버스를 타고 다니다 보면 여행지에 관한 기대감이나 무사히 도착할 수 있을까 하는 불안감 등, 일상생활에서는 맛보기 어려운 감정이 넘쳐흐른다. 익숙하지 않은 탈것들을 타보고 익숙하지 않은 경치를 만나면 마음은 계속 고조된다. 그런 신선한 감각을 가슴 깊이 맛보는 것도 혼자 하는 여행의 묘미다.

또 하나, 혼자 하는 여행의 장점은 혼자만의 시간을 보낼 수 있다는 것이다. 혼자 생활하는 사람이라면 늘 혼자 있는데 그게 무슨 의미가 있느냐고 생각할지도 모르지만 일상적이지 않은 상황에서 혼자라는 점이 중요하다.

아름다운 경치, 맛있는 식사, 자기도 모르게 웃음이 터지는 사건, 가슴 설레는 순간 등을 혼자 경험하고 맛보는 것으로 다양한 기억이 되살아날 수 있다. 예를 들어, 어린 시절의 사건이나 부모님에 관한 기억, 과거에 사이가 좋았던 친구나 과거의 다양한 사건 등이 떠오른다.

그리고 소중한 사람들의 얼굴도 떠오를 것이다. "그 친구에게도 이 경치를 보여주고 싶어.", "이렇게 맛있는 음식을 그 사람과도 함께 먹고 싶어."라는 식으로. 이처럼 혼자 하는 여행은 자신의 마음속에 잠들어 있는 소중한 기억, 소중한 사람을 떠올리고 되새기게 해준다.

혼자 하는 여행은 새로운 만남도 낳는다. 우연히 옆에 앉은 사람이나 어떤 사건을 통해서 만난 사람, 길에서 인사를 나눈 사람 등 다양하다. 여행하다 만난 사람은 그전까지는 경험해 본 적이 없는 성향의 사람일 수도 있다.

여행은 비일상적인 사건이기 때문에 보통 때와는 다른 자신의 모습이 드러나기도 한다. 그렇기 때문에 비일상을 즐길수록 새로운 자신을 만나고 마음이 풍요로워지는 경험을 할 수 있다.

사람의 인연이란 만나는 횟수가 많을수록 깊어지는 것이 아니다. 우연히 여행지에서 만난 사람으로부터 많은 배움과 깨달음을 얻는 경우도 있고 한 번의 만남이 평생 잊

심플하게 나이 드는 기쁨

을 수 없는 만남이 되는 경우도 있다.

시야를 크게 넓히는 것만으로도 세상을 보는 시각, 포착하는 방식이 바뀌고 마음이 풍요로워진다. 물론 일상에서도 그것이 가능하지만 혼자 하는 여행만큼 많은 것을 깨닫게 해주는 것은 없다.

건강의 고마움, 사람들의 상냥함, 토착 문화에서 배우는 다양한 가치관, 식사에 대한 감사, 자연에 대한 경의, 인연의 감사함, 살아가는 기적 등 마음의 세계는 한층 넓어진다.

혼자 하는 여행은 친구와 함께 하는 여행과 비교하면 자유로운 만큼 불편한 점도 있다. 그런 불편함을 경험하다 보면 주변 사람들에 대한 감사도 새삼 느낀다.

"이 나이에 무슨…."

이런 생각은 버려야 한다.

"좋은 인연이 기다리고 있을 수도 있어."

이런 마음으로 혼자만의 여행을 경험해 보면 어떨까. 아직 몰랐던 자신과의 만남이 기다리고 있을 것이다.

같은 경험을 가진
사람들과 만난다

지금까지 살아온 세계에는 존재하지 않았던 새로운 사람과의 만남은 시야를 단번에 확대시켜 준다. 새로운 깨달음에 의해 마음은 한층 더 풍요로워진다.

한편 자신과 공통점이 많은 사람, 같은 경험을 가진 사람과의 만남은 깊은 공감과 치유를 안겨준다. 처음 어떤 사람과 만났을 때, 상대방이 자신과 같은 지역 출신이라는 사실을 알게 된 순간, 대화가 열기를 띤 경험을 해본 사람은 적지 않을 것이다. 어색한 대화가 이어지다가 서로 같은 지역 출신이라는 사실을 알게 된 순간 갑자기 사투리를 써가며 대화를 나누는 경우도 있다.

선어 중에 '동사(同事)'라는 말이 있다. 한마디로 설명하면 '하나가 된다'는 것이다. '상대방과 자신의 마음이 하나가 되는 것', '같은 입장에 서는 것'이라고 표현할 수도 있다.

지금까지의 인생에서도 "모두 하나가 되자.", "마음을 하나로 합쳐 노력하자."라는 말을 듣거나 해본 경험은 있을 것이다. 공통의 목표를 지향하여 하나가 된다는 것인데, 사람에게는 서로에게 존재하는 공통점을 찾아 하나가 되려고 하는 마음이 있다. 그렇기 때문에 '동사'의 마음을 가지는 것은 인간관계를 심화시켜 주는 매우 중요한 가르침이기도 하다.

우리 절의 시주님 중에 초등학생 아들을 사고로 잃은 부부가 있었다. 슬픔에 잠긴 부부는 매주 일요일이 되면 함께 절에 있는 묘지를 찾았다. 그러나 한 달이 지나고 반년이 지나도 부부의 눈물은 그치지 않았다. 그런 부부의 애절한 모습을 보고 나도 마음이 아팠지만 멀리서 부부를 향해 합장을 보내는 방법밖에 없었다.

하루는 나를 보고 부부가 가까이 다가와 물었다.

"주지 스님, 아들을 잃은 슬픔이 시간이 흐를수록 더 깊어지는 것 같습니다. 대체 어떻게 해야 이 슬픔을 치유할 수 있을까요? 이 슬픔이 엷어지는 날이 찾아올까요? 부디 가르쳐주십시오."

나는 대답할 말을 찾을 수 없었다.

불교의 사고방식이나 설법이라면 얼마든지 이야기할 수 있지만 '아이를 잃은' 경험을 해본 적이 없는 나는 슬픔에 잠겨 있는 두 사람 앞에서 무슨 말을 해야 좋을지 찾을 수 없었다. 내가 아무리 머릿속으로 상상을 해보아도 부부의 슬픔을 완전히 이해하는 것은 불가능했다.

"세상에는 두 분과 비슷한 경험을 한 사람이 있을 것입니다. 그런 분들과 인연을 맺어보시는 게 어떻겠습니까?"

그리고 몇 개월 후, 묘지에서 그 부부를 또 만났는데,

심플하게 나이 드는 기쁨

슬픈 표정이 어느 정도 누그러져 있었다. 이야기를 들어보니 비슷한 사고로 아이를 잃은 사람들의 모임에 참가하게 되었다고 한다. 같은 슬픔을 경험한 사람들끼리 그 아픈 사건에 관하여 이야기한 것이다. '동사'의 마음을 가진 사람들끼리 인연을 맺으면서 슬픔 또한 조금씩 줄어들었을 것이라는 생각이 들었다.

'서로 상처를 핥아준다'는 말이 있다. 동물들의 세계에서는 무리 중 누군가가 상처를 입으면 조용히 다가가 혀로 상처를 핥아준다. 이처럼 상처를 핥아줄 수 있는 친구나 동료, 가족을 가지는 것도 중요하다. 그런 사람으로부터 살아갈 수 있는 힘을 얻는 경우도 있으니까.

젊은 사람들을
존중한다

연공서열이라는 말이 몸에 배어 있으면 젊은 사람을 상대할 때 자기도 모르게 자신이 더 위라고 착각하는 경우가 있다. 나이가 많으니까 젊은 사람보다 당연히 경험도 많을 것이다. 적든 많든 더 많은 것들을 알고 있을 것이라고 생각한다. 하지만 나이가 많다고 해서 자신이 더 위대한 사람이라거나 더 높은 위치에 있다고 말할 수는 없다. 그건 다른 문제다.

사람은 누구나 자신이 살아온 여정을 부정하려 하지

않는다. 수많은 실패를 거듭해 왔음에도 불구하고 그 실패로 눈을 돌리는 것이 아니라 자신이 해온 일을 젊은 사람에게 강요하는 사람이 있다. 그런 사람들은 이렇게 말한다.

"요즘 젊은 사람들은 영…."

사실 이런 말은 고대 이집트의 벽화나 세이쇼 나곤(清少納言)의 《마쿠라노소시(枕草子)》에도 남아 있을 정도다. 그러니까 어느 시대든 틀에 박힌 문구로 존재했다는 것이다.

그러나 시대는 크게 바뀌었다. 사회가 발전하는 속도도 점차 빨라져 일찍이 "10년이면 강산도 변한다."라고 했지만 지금은 "1년이면 강산도 변한다.", 나아가 "반년이면 강산도 변한다."라고 표현해야 할 정도다.

불과 10년 전과 비교해도 기술의 진보 덕분에 통신, 의료, 물류 그리고 가치관까지 극적으로 바뀌었다. 이 엄청난 변화에 대응할 수 있는 것은 이제 젊은 사람밖에 없다는 생각이 든다.

'놀이' 하나를 보아도 사회가 좀 더 천천히 흘렀던 시대에는 조부모, 부모, 자녀라는 삼대에 걸쳐 비슷한 놀이를 즐길 수 있었다. 따라서 젊은 세대가 연장자로부터 그 비결을 전수받는 경우도 있었는데, 지금은 그렇지 않다. 게임을 보아도 자녀 쪽이 훨씬 더 잘하고, 부모 세대는 시도조차 하지 못한다.

"지금은 우리가 살아온 사회와 다르다. 우리는 전혀 다른 별에서 날아온 것이다."

나이를 먹을수록 이런 감각을 가져야 한다. 다만, 이것은 현대사회가 '자신과 관계없는 세계'라는 뜻은 아니다. 전혀 모르는 세계로 날아온 것이니까 다시 태어난다는 마음으로 새로운 것에 대해 흥미를 가지고 젊은 사람들에게 배워야 한다는 뜻이다. '가르친다'가 아니라 그들로부터 '배운다'는 식으로 발상을 바꾸어야 한다.

나는 올해 3월 말까지 25년에 걸쳐 대학에서 교편을 잡고 있었는데, 학생들로부터 수많은 자극을 받았다. 학문을 가르치는 쪽은 나지만 나는 그들로부터 시대의 분위기를 배웠다. 나이를 먹으면 아무래도 변화를 거부하게 된다. 정신을 차릴 수 없을 정도로 바뀌는 변화를 따라잡을 수 없다. 그런 나를 인정하기 싫어서 변화를 거부한다. 그리고 바뀌어가는 세상이 잘못된 것처럼 느껴진다.

젊은 사람에게 영합할 필요는 없지만 눈앞에서 바뀌어가는 세계를 바라보면서 흥미가 느껴지는 것이 있다면 적극적으로 배워서 갖추어야 한다. 그렇게 해서 상대방을 존중하면 상대방도 존경의 마음을 보이게 된다. 마음속에 여유와 사랑을 가져야 한다. 그들에게 이런 말을 듣지 않기 위해서라도.

"요즘 노인들은 영…."

3장

건강하고
편안하게
살기 위한 지혜

일찍 일어나
태양을 즐긴다

수행승은 거의 매일 새벽 4시에 일어나 수행을 시작한다. 이 습관은 중국 당나라 시대에 완성된 것이다. 새벽 일찍부터 수행을 하는 이유는, 우리 인간이 태양 아래에서 활동을 하는 생물이라는 사실을 선조들이 잘 알고 있었기 때문이다.

일찍 일어나 햇살을 받는 것은 건강에도 매우 좋다고 의학적으로 증명되었다. 인간의 뇌에는 세로토닌이라는 물질이 있는데, 이것은 '행복 물질'이라고도 불린다. 이 세로토닌이 분비되면 편안하고 행복한 기분을 느낀다. 반대로 세로토닌의 분비가 극단적으로 줄어들면 우울한 증상이 나타난다. 그리고 이 행복 물질은 햇볕을 충분히 쬐어야 만들어진다.

햇볕이 따뜻하게 내리쬐는 날은 마음도 자연스럽게 가벼워진다. 컨디션이 약간 나쁘다고 해도 햇볕 덕분에 기분은 상쾌해진다. 그러니 맑은 날 아침에는 가능하면 외출을 해보자. 10분이나 20분 정도의 산책으로도 충분하니까 집 주변을 여유 있게 산책을 하면서 햇볕을 가득 쬐어보자.

산책이 무리라면 정원이나 베란다로 나가보는 것만으로도 충분하다. 의자를 내놓고 차를 마시다 보면 햇살과 함께 계절에 따라 달라지는 바람의 변화도 느낄 수 있다.

햇볕을 쬐어 뇌에 생성된 세로토닌은 밤이 되면 '멜라토닌'이라는 호르몬을 만들어낸다. 이 멜라토닌이라는 물질은 '수면 호르몬'이라고도 불린다. 즉, 멜라토닌이 많이 생성되면 편안한 마음으로 수면을 취할 수 있다.

나이가 들수록 잠이 오지 않아 고민이라는 사람들이

증가하는 원인 중 하나는 이 멜라토닌이 줄어들기 때문이다. 젊은 시절에는 멜라토닌이 많이 생성된다. 그에 더하여 외출을 하는 시간도 길기 때문에 자연스럽게 햇볕을 쬐는 시간도 많고, 따라서 멜라토닌이 충분히 생성되어 밤에도 숙면을 취할 수 있다.

고령자가 고민하는 불면증의 요인 중 하나는 멜라토닌 부족과 햇볕을 쬐는 시간이 적다는 데 있다. 건강을 위해 열심히 체육관이나 요가 교실 등에 다니는 사람도 있다. 그것도 건강에 도움이 되지만 그런 운동은 실내에서 이루어지는 경우가 많다. 그에 더하여 밖에서 햇볕을 쬐는 방법도 생각해 보자.

설사 잠이 오지 않더라도 같은 시간에 잠자리에 들고 같은 시간에 일어나자. 그리고 태양이 떠오르면 즉시 옷을 갈아입고 밖으로 뛰쳐나가자. 그것만으로 기본적인 건강과 마음의 안정은 유지할 수 있다.

소식을 하도록
신경을 쓴다

불교에 귀의한 지 수십 년이 지나고 있지만 나의 식사는 기본적으로는 채소와 생선이 중심이다. 탁발승이었을 때에는 채소와 쌀만으로 식사를 해야 한다. 그리고 탁발승으로서 수행을 끝낸 이후부터는 각 승려의 판단에 맡겨진다. 이때 다른 승려들과 비슷한 식사를 하는 경우도 있고 육류나 생선은 절대로 섭취하지 않는 승려도 있다.

현대사회에서 육류를 전혀 입에 대지 않는다는 건 쉬운 일이 아니다. 나도 사람들을 만나 식사를 할 때 육류가 나오면 약간 섭취를 하기도 한다. 또 저녁 식사는 가족과 함께 하기 때문에 이때에도 약간의 육류를 섭취한다. 그러나 기본적으로는 생선과 채소가 중심을 이루는 식생활을 이어오고 있다.

이것은 승려의 식생활을 중시하기 때문이 아니라 이 식생활이 나의 몸에 맞다고 생각하기 때문이다. 이 식생활 덕분에 컨디션은 늘 최상을 유지하고 있고, 지난 십수 년 동안 감기도 걸려본 적이 없다. 감기 비슷한 증상이 보일 때는 있었지만 그 때문에 병원을 갈 정도로 심했던 적은 없다.

언젠가 텔레비전에 출연하기 위해 메이크업을 받은 적이 있다. 나의 메이크업을 담당해 준 여성이 "선생님, 피부가 정말 좋으세요. 이렇게 윤기 있는 피부는 정말 보기 힘들어요."라고 놀란 표정을 지어 보였다. 또 내 입으로 말하기는 쑥스럽지만 몸에 쓸데없는 군살도 거의 없다.

이것들은 모두 식생활 덕분이다.

건강 진단 수치에 신경을 쓰는 사람은 많이 있다. 콜레스테롤 수치가 높다거나 수축기 혈압이 130mmHg을 넘었다거나, 나이를 먹으면 몸에 무엇인가 문제가 발생한다. 병원에 가면 대량의 약물이 처방되고 매일 몇 종류나 되는 약을 먹어야 하는 생활이 이어진다. 그런 약에 찌든 생활로 접어들기 전에 우선 식생활을 바꾸어보도록 하자.

60세를 넘으면 가능한 한 채소와 생선을 중심으로 식사를 하자. 여유 있게, 1년 정도에 걸쳐 식생활을 바꾸는 것만으로 컨디션이 변했다는 것을 느낄 수 있을 것이다.

다음으로 염두에 두어야 할 것은 배가 부를 때까지 먹지 않는다는 것이다. 60세를 넘으면 소식을 하기를 권한다. 나도 항상 소식을 하기 위해 노력하고 있지만 때로 과식을 하는 경우도 있다. 그것은 시간이 부족해 서둘러 식사를 할 때다. 분명히 내게는 많은 양이라고 생각하는데도 서둘러 먹다 보면 그 많은 양을 다 먹게 된다. 식생활을 조절하는 것은 의사도 가족도 아니라 자기 자신이라는 사실을 명심하자.

과식을 방지하기 위해서도 가능하면 천천히 시간을 들여 식사를 해야 한다. 나는 한 입 먹을 때마다 수저를 내려놓도록 신경 쓰고 있다. 입으로 들어간 음식물을 충분히 씹어서 삼킨다. 그리고 삼킨 이후에 다시 수저를 들고 음식을 입으로 가져간다.

천천히 식사를 한다는 것은 그 맛을 깊이 음미한다는 뜻이다. 얼마나 많은 사람들이 식재료가 가지고 있는 본래의 맛을 이해하면서 식사를 하고 있을까. 같은 식재료라고 해도 제철과 그렇지 않은 시기에는 맛이 다르다. 그것을 알고 있는 사람은 많지 않다.

식사는 생명과 관계가 있다. 정성을 다해 식사를 하는 것은 정성을 다해 사는 것이다.

의사의 말보다
신체의 말에 귀를 기울인다

나와 동창인 의사가 있는데 1년에 몇 차례 그에게 진료를 받는다. 컨디션이 나쁠 때는 물론이고 단순히 옛날이야기를 나누기 위해 찾아가기도 하는 친한 친구다. 그 친구가 늘 이렇게 말한다.

"혈압이 좀 높은데, 약을 처방해 줄까?"

그러면 나는 이렇게 대답한다.

"아니, 약은 됐어. 특별한 이상은 느껴지지 않으니까."

의사인 친구 입장에서는 성가신 환자일 수 있다.

하지만 나는 규칙적인 생활을 하고 있고 식사는 물론 생활 전반에 질병과는 동떨어진 일반적이지 않은 생활을 하고 있다. 그럼에도 혈압이 약간 높다는 것은 아마 나이 탓이거나 유전적인 영향이라고 생각한다.

그렇다면 필요 이상으로 두려워할 필요가 없다. 염분을 섭취하는 양을 조절하는 정도로 신경 쓰면 되고 약은 굳이 먹지 않아도 된다고 생각한다. 1년에 한 번은 정기적으로 검진을 받고 있는데, 그것으로 건강관리는 충분하다고 생각하며 내 몸이 보내는 신호에 귀를 기울이는 것이 중요하다고 생각한다.

나는 아침 습관으로 불경을 외고 있는데, 불경을 욀 때 처음 나오는 목소리를 바탕으로 그날의 컨디션을 측정한다. 같은 목소리를 내어도 자연스럽게 크게 울리는 목소리가 나올 때가 있고 탄력이 없는 힘없는 목소리가 나오는 경우도 있다. 때로는 약간 쉰 듯하면서 목 안쪽이 막힌 듯한 느낌이 들 때도 있다. 이럴 때에는 "오늘은 컨디션이 나쁘니까 조심하자."라고 마음먹는다.

약간의 신체 변화이지만 몸이 보내는 그런 목소리에 귀를 기울이자. 자신의 신체가 보내는 신호는 자신밖에 모른다. 따라서 스스로 신체의 컨디션에 신경을 써야 한다.

내가 매일 아침 불경을 외는 목소리에 귀를 기울이는 것과 마찬가지로 여러분도 자신의 기준을 만들어놓도록 하자. 매일 아침 마시는 차나 커피의 맛으로 컨디션을 측정하는 방법도 나쁘지 않을 것이다. 피부의 탄력이 평소와 다르거나 계단을 오르내릴 때의 호흡 등 일상적인 행동에서 변화가 있는지 체크해 보자.

물론 세상에는 피하지 못하는 일도 있다. 매일 건강에 신경을 써도 예상하지 못한 질병에 걸릴 수도 있다. 뇌경색이나 심근경색 등의 질병은 어느 날 갑자기 찾아온다. 다양한 요인이 있지만 모두 예측할 수가 없고 방지하기도 어렵다. 규칙적인 생활을 하려고 노력했는데도 암에 걸린 선승은 몇 명이나 있다. 그럴 때 이렇게 건강에 신경을 썼는데도 '어째서 내가…'라는 생각이 들 것이다.

"재난을 당해야 하는 시절에는 재난을 당하는 것이

좋다."

　이것은 료칸(良寬) 화상이 재해를 당한 사람에게 보낸 편지의 한 구절이다. 이 세상에는 피한다고 해도 맞닥뜨릴 수밖에 없는 일이 있다. 피할 수 없는 것도 있다. 만약 그런 일을 만난다면 그것은 정면으로 받아들이는 수밖에 없다는 의미다.

　언뜻 냉정하게 느껴질지도 모르지만 이것은 진리다. 아무리 신경을 써도 병에 걸리는 경우는 있다. 그럴 때에는 있는 그대로 정면으로 받아들이는 수밖에 없다. 그리고 사람에게는 그것을 받아들일 수 있는 능력이 있다.

　　　　　　　　　　심플하게 나이 드는 기쁨

노쇠를
극복한다

노쇠는 '나이를 먹어 신체가 쇠약해지고 허약해지는'
것이다. 나이를 먹어 체력이 쇠약해지는 것은 어쩔 수 없
는 일이지만 방치하면 신체는 더욱 허약해진다. 그러나 일
상생활을 자신의 힘으로 해낼 수 없는 상황이 오기 전에
노력을 통하여 회복할 수 있다. 젊은 시절처럼 되돌릴 수
는 없겠지만 허약해지는 현상은 방지할 수 있다.

A씨는 60세에 회사를 정년퇴직한 뒤 먹고 싶을 때 먹

고 자고 싶을 때 자는, 무척 자유로운 생활을 했다. 회사원 시절과 비교하면 꿈같은 생활이었지만 1년 만에 체중이 엄청나게 증가했다. 배는 불룩 튀어나와 조금만 걸어도 숨이 찼다.

"이래서는 즐거운 노후를 보낼 수 없어."

이렇게 생각한 A씨는 우리 절을 찾아와 말했다.

"이곳에서 아르바이트를 할 수 없겠습니까? 몸을 움직이는 일을 하고 싶습니다만…."

그래서 나는 정원 손질과 청소를 부탁했다.

그 이후 매일 아침 A씨는 정원을 돌보았다. 추운 겨울에는 손발을 녹여가면서, 무더운 여름에는 온몸에 땀을 흘리면서 열심히 일했다. A씨의 입장에서 이것은 돈 때문이 아니다. 자신의 건강을 위한 것이다.

그렇게 1년 정도 지났을 무렵, A씨의 신체는 지방이 빠지고 탄력을 갖추게 되었다. 아침의 신선한 공기를 가슴 깊이 들이마시면서 온몸을 움직여 일을 했으니 건강해지지 않을 리 없었다. 우리 절에는 이렇게 경내를 관리해 주는 직원들이 몇 명 있는데 모두 건강하다.

심플하게 나이 드는 기쁨

또 한 사람 B씨의 이야기도 흥미롭다. 그는 50대 중반까지 회사에서 사무직으로 일했다. 매년 건강검진을 받을 때마다 의사로부터 적절한 운동을 하지 않으면 병에 걸릴 수 있다는 주의를 들었다. 그러나 회사에서는 하루 종일 의자에만 앉아 있고 잔업도 많아 휴일에 출근하는 일도 자주 있었다. 그렇기 때문에 대체 언제 운동을 해야 좋을지 고민을 했다고 한다.

그런 상황이 계속 이어지다 B씨는 현재의 생활을 지속하면 정말 큰 병에 걸릴 수 있겠다는 생각이 들어 직업을 바꿀 결심을 했다. 지금까지 근무했던 회사를 퇴직하고 경비원으로 취직했다. 거대한 부지를 갖춘 회사에서 낮에만 경비원으로 일을 했다. 부지 내부와 그곳에 세워져 있는 모든 건물을 오르내리는 매우 힘든 일이었다. 아침에 출근해서 저녁에 일을 마칠 때까지 거의 하루 종일 걸어 다녔다. 만보계를 보면 매일 2만 보를 넘었다고 한다. 그것이 일주일에 5일이니까 처음에는 힘이 들어 버틸 수 없을 정도였다.

그래도 꾸준히 일을 하자 어느 틈엔가 익숙해졌고 컨

디션도 매우 좋아졌다. 몸을 움직이기 때문에 밤에도 푹 잘 수 있었다. 그렇게 1년이 지났을 때 그 회사에서 건강 검진을 받아보니 모든 수치가 정상으로 돌아와 있었다. 의사는 "건강은 걱정하지 않아도 됩니다."라고 말했다.

아무리 신경을 써도 근력은 쇠약해지고, 그것이 노쇠와 연결되는 경우가 있다. 그런 불안감 때문에 갑자기 운동을 시작하는 사람도 있지만 습관화되지 않는 한 좀처럼 지속하기 어렵다. 그러나 여기 소개한 두 사람은 '운동은 하는 편이 좋다'가 아니라 '운동을 하지 않으면 안 된다'로 의식을 바꾸고 자연스럽게 운동이 되는 일을 선택했다.

60세가 넘어 자칫 방심하면 즉시 노쇠 현상이 발생한다. 그것을 막고 싶다면 돈 때문이 아니라 몸에 좋은 일을 선택하는 사고방식을 가져야 한다. 무엇을 위해 일하는가. 이에 대한 답은 나이에 따라 바뀔 수밖에 없다.

잠들 수 없는 밤에는
좌선을 한다

도겐 선사는 좌선이야말로 최상의 수행으로 보았고, 선종(禪宗)은 좌선을 수행의 중심으로 삼는 종파다. 오직 좌선에 힘쓰는 것, 그것을 조동종에서는 '지관타좌(只管打坐)'라 부른다. '지관'이란 '오로지', '한결같이'라는 뜻이다.

선승의 수행은 아침의 좌선에서 시작된다. 다리를 꼬고 두 손을 배 앞에서 부드럽게 겹친 다음 단전(丹田)을 의식하면서 복식호흡을 하는, 이른바 단전호흡을 천천히 되풀이한다. 이런 깊은 호흡을 하면 몸과 마음이 정돈된다.

무엇보다 좌선은 '무(無)'의 경지를 지향한다. 좌선을
할 때에는 머리에 떠오르는 모든 생각을 자연스럽게 흘려
보내 말끔하게 비워야 한다. 아무리 잡념을 떨쳐버리려 노
력해도 익숙하지 않은 사람이 있다. '아무것도 생각하지
말자.'라고 생각하지만 '생각하지 말자.'는 생각을 하게 되
는 것이 문제다. 선승들은 '무'의 상태를 조금이라도 긴 시
간 유지하기 위해 평생 수행을 한다.

수행 도장에서는 이런 아침의 좌선으로 하루를 시작하
고 밤에도 좌선으로 하루를 마감한다. 침상에 들기 전의
좌선을 '야좌(夜坐)'라고 하는데 잠이 들 수 없는 밤에는
야좌를 해보기를 권한다. 하루를 돌아보면 좀처럼 잠이 들
수 없는 경우도 있다. 마음에 걸리는 일이나 걱정이 있으
면 그 순간 그쪽으로 신경이 집중된다. 그런 날이 이어지
면 마음뿐 아니라 몸도 휴식을 취할 수 없다.

다양한 생각을 자연스럽게 흘려보내고 평온한 기분으
로 잠이 들기 위해 야좌는 매우 바람직하다. 그날 있었던
다양한 사건들이 머릿속에 떠오를 수도 있다. 잘 해결된

심플하게 나이 드는 기쁨

일도 있고 실수를 한 일도 있다. 친구에게 했던 말이 떠올라 후회를 하는 경우도 있다.

내일 일이 걱정이 될 수도 있다. 중요한 일이라면 그 일을 머릿속에서 도저히 지우지 못할 수도 있다. 외출을 해야 할 일이 있다면 소지품이나 입고 나갈 옷에 신경이 쓰일 수도 있다. 사소한 것이라 해도 조용한 밤 잠자리에 누워 생각하면 커다란 문제처럼 느껴진다.

중요한 것은 걱정거리가 떠올라도 그것만 생각하지 않는 것이다. 생각을 바꾸어도 신경 쓰이는 문제는 또 떠오른다. 그래도 다시 자연스럽게 흘려보내야 한다. 이렇게 반복적으로 한 가지 문제에 마음을 빼앗기지 않도록 하다 보면 평온을 찾게 된다.

밤은 몸과 마음을 치유하는 시간이다. 매일 잠들기 전에 야좌를 하는 습관을 갖추면 머릿속을 비울 수 있다. 다양한 잡념에서 해방되어 질 좋은 숙면을 취할 수 있을 뿐 아니라 야좌를 통하여 일상적으로 어떤 대상에 지나치게 얽매이지 않는 습관이 갖추어진다.

좌선이 어려운 사람은 잠들기 전에 방향제를 피워 그 향기를 맡는 것도 좋다. 또는 따뜻한 음료를 마시면서 마음에 드는 화보 등을 보는 것도 좋다. 마음을 치유하는 시간, 머리를 비우는 시간을 가지면 잠들기 전에 스트레스를 줄일 수 있다.

생활을 하다 보면 아무래도 이런저런 고민이 머릿속을 채운다. 따라서 잠들기 전에 그런 고민들을 떨쳐버려야 한다.

심플하게 나이 드는 기쁨

곧고 바른 자세를
유지한다

나이가 같은 사람이 나란히 있을 때 젊어 보이는 사람과 지친 인상을 풍기는 사람이 있다. 이 두 사람의 인상 차이는 화장이나 옷 때문일 수도 있지만 그 이상으로 중요한 것이 자세다. 곧고 아름다운 자세로 서 있는 사람은 매우 젊어 보이지만 등을 구부정하게 구부리고 있는 사람은 어딘가 나이가 들어 보인다. 아마 실제 나이보다 더 나이 들어 보인다는 말을 자주 들을 것이다.

성인의 머리 무게는 4~6킬로그램 정도라고 한다. 그렇

게 무거운 머리를 이고 살고 있으니까 아무래도 자세가 나
빠질 수 있다. 특히 여성은 목이 가늘기 때문에 나이가 들
수록 머리의 무게에 눌리는 경향이 있다. 따라서 의식적으
로 등을 곧게 펴도록 신경 써야 한다.

등을 곧게 편 자세를 유지하면 머리의 무게는 그다지
신경이 쓰이지 않는다. 예를 들어, 오랜 시간 머리를 아래
로 향하고 독서를 하다 보면 즉시 목에 피로를 느끼는데,
그 이유는 머리의 무게가 목에 부담을 주기 때문이다. 그
럴 때 즉시 등을 곧게 펴고 정면을 바라보도록 하자. 목에
부담이 줄어들고 한결 편안해질 것이다.

등을 곧게 펴면 가슴이 넓어지기 때문에 내장 기능에
도 좋은 영향을 끼친다. 앞으로 숙인 자세는 아무래도 위
장이 압박을 받기 때문에 소화가 잘 되지 않거나 가슴도
압박을 받아 호흡이 얕아진다. 얕고 빠른 호흡이 몸에 좋
을 리 없다.

또 등을 곧게 펴는 자세는 감정 조절에도 도움이 된다.
예를 들어 대인관계에서 초조함을 느끼는 경우도 있다. 그

심플하게 나이 드는 기쁨

때 자세를 확인해 보자. 혹시 구부정한 자세가 아닌가.

일이나 작업을 하고 있거나 무엇인가에 집중해 있을 때에는 특히 의식적으로 등을 곧게 펴자. 깊은 호흡을 하면 초조감 등의 부정적인 감정이 완화되는 현상을 실감할 수 있을 것이다.

노년기의 아름다움은 자세에 달려 있다고 해도 지나친 말이 아니다. 아름다운 자세에 신경을 쓴다는 것은 그것만으로 일상생활에 긴장감을 가지고 있다는 의미이기 때문이다. 그런 사람이 몸가짐에 신경을 쓰지 않을 리 없고 집안 청소를 게을리할 리 없다. 자세는 하루아침에 갖추어지는 것이 아니라 지금까지의 삶이 만들어내는 것이기 때문이다.

아름다운 자세는 매일 자신을 돌아보고 교정해 온 결과 갖추어진다. 그런 사람은 주변 사람도 소중하게 여기며 존중할 수 있다. 주변에도 자연스럽게 사람들이 모여드니 당연히 웃는 얼굴이 된다. 자신을 소중하게 여기고 얼굴에 미소가 가득한 사람이야말로 아름다운 사람이다.

자주 웃어서
건강 수명을 늘린다

"웃는 집에 복이 들어온다."는 말이 있다. 늘 얼굴에 미소가 끊이지 않고 즐거운 표정으로 웃고 있는 사람에게는 반드시 행복이 찾아온다는 의미다. 사람은 즐거울 때 웃는다. 하지만 괴로울 때, 고통스러울 때에도 웃을 수 있어야 길이 열린다는 의미도 포함하고 있다.

소리 내어 웃는 행위는 의학적으로 보아도 몸에 매우 좋은 영향을 끼친다. 예를 들어, 너무 웃어서 배가 아픈 경험을 해본 적이 있는가? 이것은 복근을 사용하기 때문에

심플하게 나이 드는 기쁨

강한 복근 운동을 하는 것과 비슷한 정도의 효과가 있다.

또 웃으면 전두엽의 활동이 활발해진다는 사실도 밝혀졌다. 전두엽은 이른바 인간다운 삶을 지탱해 주는 중요한 부분이다. 이 전두엽이 활발하게 활동하면 뇌를 젊게 유지할 수 있다. 나아가 웃으면 행복 물질인 세로토닌의 분비가 촉진된다는 사실도 알려졌다. 이렇게 보면 웃음을 통해서 얻을 수 있는 효과는 엄청나다는 사실을 알 수 있다.

동물 중에서 웃을 수 있는 종족은 인간뿐이다. 그런 소중한 능력을 가지고 태어났으니 적극적으로 웃어야 하지 않을까. 간혹 큰 소리로 웃는 모습은 보기 흉하다거나 상스럽다고 생각하는 사람도 있지만 전혀 그렇지 않다. 웃는 사람을 보고 있으면 주변 사람도 즐거운 기분이 되듯 웃음은 주변 사람들도 행복하게 만드는 힘이 있다.

최근에는 고령자 시설에서도 적극적으로 '웃기 프로그램'을 도입하고 있다. 단순하게 함께 모여 개그나 코미디를 보고 즐기는 시간을 프로그램으로 짜놓기도 한다. 혼자보아도 재미있겠지만 함께 모여서 보면 그 효과는 몇 배로 증가한다. 혼자라면 그다지 재미있다고 느끼지 않아도 함께 보는 사람이 재미있다고 크게 웃으면 자기도 모르게 함께 웃음을 터뜨리게 된다.

시설에 따라서는 '웃음 요가'라는 것을 도입한 곳도 있다. 이것은 단순히 모두가 함께 모여 "하하하!" 하고 큰 소리로 웃는 것이다. 특별히 재미있는 일이 있는 것은 아니지만 일단 함께 큰 소리로 "하하하!" 하고 웃어본다.

처음에는 "이게 무슨 어리석은 행동이지?" 하고 화를 내는 노인도 있다. 갑자기 큰 소리로 웃으라고 하니까 받아들이기 어려울 수 있다. 하지만 직원들의 유도를 따르다 보면 마지막에는 전원이 즐거운 표정으로 웃기 시작한다.

일단 웃으면 인생에 웃음이 넘치게 된다. 재미있으니까 웃는 경우도 있지만 웃는 동안에 점차 재미가 증가하는 경우도 있다. 그러니까 의식적으로 웃도록 해보자.

나이를 먹으면 어쩔 수 없이 감정의 활동이 둔화되기 때문에 특히 풍부한 감정을 표현할 수 있도록 신경을 써야 한다. 기쁨이나 즐거움은 마음속에 가두어두지 말고 마음껏 외부로 표출하자.

처음에는 매일 입꼬리를 올려 미소를 지어보겠다고 의식하는 것만으로 충분하다. 그리고 언제든지 입을 한껏 벌리고 큰 소리로 웃을 수 있는 사람이 되면 나이를 먹어도 유쾌하게 웃는 사람들에게 둘러싸여 살게 될 것이다. 그러니 적극적으로 웃자.

호흡에
의식을 집중한다

냉증 때문에 고민하는 여성이 꽤 많다. 발끝이나 손가락 끝이 차갑고 밤에 이불 속에 들어가도 몸이 차가워 좀처럼 잠을 자지 못한다. 질병이 있다면 어쩔 수 없지만 그렇지 않은 경우라면 마음가짐에 따라 냉증이 개선될 수 있다. 바로 호흡법이다.

선승들은 항상 자신의 호흡에 신경을 쓴다. 단전을 의식하고 배로 호흡을 하는 복식호흡을 하고 있는데, 복식호흡이 좋은 이유는 긴장했을 때를 떠올려보면 알 수 있다.

심플하게 나이 드는 기쁨

긴장했을 때에는 반드시 가슴으로 호흡을 하게 된다. 초조하거나 화가 났을 때도 마찬가지다. 가슴으로 숨을 쉬면 대량의 공기가 단번에 폐 속으로 들어와 그것이 과호흡 상태를 낳는다. 과호흡이 되면 의식을 잃는 경우도 있다.

가슴으로 숨을 쉬는 것이 아니라 배에 공기를 채워 넣는다는 이미지를 가져보자. 그리고 몸과 마음을 정돈하는 여유 있는 호흡을 하려면 우선 숨을 천천히 내뱉어야 한다.

'호흡'의 '호(呼)'는 '뱉는다'는 뜻이다. 그다음에 들이마신다는 뜻을 가진 '흡(吸)'이 온다. 즉, '호흡'은 우선 숨을 내뱉는 것부터 시작된다. 더 이상 공기가 남아 있지 않다고 느껴질 정도로 숨을 완전히 내뱉자. 그렇게 하면 자연스럽게 몸은 숨을 '들이마시게' 된다. 다 뱉은 후에는 몸에 맡기면 된다.

가끔 "자, 심호흡을 하겠습니다. 우선 숨을 들이마시고….'라고 말하는 사람이 있는데 그 반대다. 심호흡을 하려면 우선 '숨을 최대한 내쉬는' 것이 정답이다.

선승들이 좌선을 할 때 호흡수는 1분에 4회에서 5회

정도다. 수행을 쌓은 승려라면 1분에 3회 정도로 심호흡을 할 수 있다. 이것은 일반인에게는 매우 어렵지만 1분에 7회에서 8회 정도로 호흡을 정돈해 보도록 하자.

천천히 깊은 호흡을 하면 온몸의 혈류가 약 25%나 올라가 몸이 따뜻해진다. 의학적으로도 확인된 사실이다. 예전의 선승들은 산속에서 수행을 했다. 한겨울의 산은 엄청나게 추웠을 것이다. 난방도 없는 동굴 같은 장소에서 좌선을 했으니 신체에도 엄청난 부담을 주었을 것이다.

그래도 선승들이 얼어 죽지 않았던 것은 단전호흡법 덕분이 아닐까 싶다. 배로 깊은 호흡을 하여 온몸에 혈액을 보내 몸을 따뜻하게 덥힌 것이다. 얕고 빠른 가슴호흡을 하면 온몸의 혈류는 약 15%나 감소한다고 하니 단전호흡과는 약 40%의 차이가 발생한다. 혈류에 그 정도의 차이가 발생하면 당연히 이곳저곳에 영향이 나타난다.

호흡은 몸과 마음에 영향을 끼친다. 뇌에 산소나 영양소를 운반하는 것은 혈액이다. 혈류가 나빠진다는 것은 뇌에 산소가 제대로 운반되지 않는다는 뜻이니, 두뇌 활동이 당연히 나빠진다. 늙으면 나이의 영향을 무시할 순 없겠지만 그래도 올바른 호흡법을 갖추는 것만으로 뇌의 젊음을 유지할 수 있다.

또 한 가지 예로, 유도 등의 경기에서 비슷한 실력을 갖춘 선수끼리 싸운다고 하자. 어느 쪽이 이겨도 이상하지 않을 상황일 때 승부를 결정하는 것은 역시 호흡이다. 호흡을 정돈한 선수 쪽이 정돈하지 못한 선수와 비교하면 훨씬 더 강한 능력을 이끌어낸다. 이것은 스포츠 세계에서는 당연한 사실로 알려져 있다.

호흡을 의식하는 습관을 갖추도록 하자. 호흡은 몸과 마음의 건강에 큰 영향을 끼친다는 사실을 꼭 기억하자.

할 수 있는 것과
할 수 없는 것을 구별한다

'타불시오(他不是吾)'라는 선어가 있다. "타인은 내가 아니다."라는 뜻이다. "다른 사람이 해준 것은 나에게 도움이 되지 않는다."라는 깊은 뜻을 담고 있기도 한데, 이 말이 탄생한 일화가 있다.

도겐 선사가 중국 천동산(天童山)에 있는 천동사(天童寺)라는 절에서 수행했을 때의 일이다. 사찰에는 반드시 '전좌(典座)'라고 해서 수행승들의 식사를 준비하는 '조리 담당' 스님이 있다. 선종(禪宗)의 규율을 확실하게 지키는 한편 수행승들의 건강에도 신경을 써야 하기 때문에 전좌는 절에서 빼놓을 수 없는 중요한 직책이다.

도겐 선사가 수행을 하고 있던 천동사에도 늙은 전좌가 있었다. 나이가 상당히 많아서 허리도 완전히 구부러져 있었다. 늙은 전좌는 지팡이를 짚고 다니면서 책임자로서 매일 수행승들의 식사를 준비했다. 늙은 전좌 아래에는 몇 명의 화상이 있어서 늙은 전좌와 함께 수행승들이 먹을 음식을 만들었다. 이른바 부하 직원 같은 존재들이다.

어느 무더운 여름날, 절 안을 걷고 있던 도겐 선사는 경내에서 무엇인가 작업을 하고 있는 늙은 전좌를 보았다. 무엇을 하고 있는지 궁금해서 그쪽으로 다가가니 늙은 전좌는 땡볕 아래서 정성스럽게 표고버섯을 말리고 있었다.

매우 무더운 날이었기 때문에 고령인 전좌가 건강을 해치지는 않을지 걱정이 되어 도겐 선사가 말을 걸었다.

"전좌 스님, 이 무더운 날씨에 왜 스님께서 이런 일을 하십니까? 젊은 스님들이 해도 되지 않습니까?"

도겐 선사의 이 질문에 늙은 전좌가 답한 것이 '타불시오'라는 말이었다. 타인에게 맡긴다면 자신의 수행이 되지 않는다는 것이다.

나이를 먹으면 할 수 없는 일들이 증가한다. 무거운 물건은 들 수 없고, 청소도 집 안 구석구석까지 깨끗하게 마무리하기 어렵다. 요리도 빨리 완성하지 못한다.

그래도 '할 수 있는 일'은 반드시 남아 있다. 그 남아 있는 '할 수 있는 일'을 소중히 여겨야 한다. 언젠가 모든 생활을 도움받아야만 할 때가 찾아온다. 그때까지의 시간을 어디까지 늘릴 수 있는가 하는 것은 일상생활에 달린 문제다. 스스로 할 수 있음에도 귀찮다거나 성가시다는 이유에서 포기하거나 안일하게 다른 사람에게 맡길 것인가, 아니면 할 수 있는 범위 안에서 자신이 직접 처리할 것인가. 그차이는 매우 크다.

지금은 하기 싫으면 간단히 외면할 수 있는 시대다. 로봇청소기나 통신판매 등 도움이 되는 것들은 많지만 움직일 수 있는 동안에는 스스로 할 수 있는 일을 직접 해야 한다. 편한 것만 생각하면 삶도 쉽게 포기할 수 있다.

　　　　　　　　　　심플하게 나이 드는 기쁨

있는 그대로의 나를
받아들인다

나이를 먹으면 당연히 뇌 기능이 쇠약해진다. 기억력
이나 판단력 등이 떨어지고 건망증도 조금씩 심해진다. 건
망증이 심해져 친구들의 이름이나 여행을 갔던 장소가 떠
오르지 않으면 스스로가 한심하게 느껴질 수도 있다. 그래
도 좋았던 기억이 마음에 남아 있으면 그것으로 충분하다.
굳이 세밀한 내용까지 기억하지 못해도 된다. 기억이 나지
않는다고 탄식하는 것보다 기억이 나지 않아도 상관없다
고 생각하자.

이런 말을 자주 들을 수 있다.

"있는 그대로의 나로 살아가고 싶다."

"있는 그대로 살고 싶다."

있는 그대로의 나는 대체 어떤 '나'일까. 그것은 단순히 감정을 드러내거나 하고 싶은 대로 행동하는 것이 아니다. 타인을 생각하지 않고 독선적으로 살아가는 것도 아니다. 있는 그대로의 나는 '무리하지 않고 자연스러운 상태를 유지하는 것', '주변에 휩쓸리는 것이 아니라 자신이 가장 편한 상태를 유지하는 것'이다.

인생과 함께 사람은 변한다. 사회나 주변으로부터의 영향을 받아 사고방식이나 가치관도 바뀐다. 그것은 피할 수 없다. 그러나 어느 틈엔가 '있는 그대로의 나'를 잃어버리게 된다. 건망증이 심해지고 판단력이 떨어지면 불안감과 두려움이 느껴진다. 그야말로 상상도 해본 적이 없는 자신의 모습과 직면하면 참담한 심정에 휩싸일 수도 있다. 그래도 그것이 '있는 그대로의 나'다.

지각이 둔해지면 초점이나 논점이 분명하지 않은 상

태, '핀트가 정확하게 맞지 않는 상태'처럼 뇌 기능이 흐릿해진다. 흑백을 분명하게 가리고 추진력을 앞세워 일을 무리 없이 진행하다가 판단력과 추진력을 잃고 끌려가는 상황으로 바뀌어가는 것이 '지각이 둔해지는 상태'다.

사람은 많은 것을 잊어야 관용의 폭이 넓어진다. 건망증이 심해지거나 판단력이 떨어지는 것으로 가족에게도 큰 영향을 끼치거나 본인이 감당하기 어려운 정신적인 고통도 있겠지만 그래도 지각이 둔해지는 것은 결코 불행한 것만은 아니다.

지각이 둔해지면서 되찾게 되는 마음도 있다. 다양한 감정을 없애고 넓은 마음을 가졌을 때 마지막으로 얼굴을 드러내는 것이 어쩌면 '있는 그대로의 나'일 수도 있다. 그것은 어린 시절의 자신일지도 모른다. 사람은 이렇게 서서히 어린 시절로 돌아가면서 생을 마감한다.

인생을 마무리하는
방법을 생각한다

이제는 80대 노인을 흔히 볼 수 있지만 단순히 기뻐할 문제는 아니다. 의학이 발달하면서 '목숨이 연명되고 있는' 사람이 많은 것도 분명한 사실이기 때문이다. 즉, 의식도 없는 상태에서 육체만이 튜브에 연결된 상태로 연명되고 있는 것이다.

내가 알고 있는 두 가지 경우를 들려주겠다. 60세가 되는 A씨는 어머니가 일찍 돌아가셔서 아버지에게 깊은 사랑을 받고 자랐다. A씨는 결혼한 뒤에 친정 근처에 살면서 아버지가 살고 있는 집을 사흘이 멀다 하고 방문했다. 그런데 5년 전 아버지가 뇌경색으로 쓰러졌다. 의사는 회복될 기미가 없다고 말했지만 아버지는 침대 위에서 여러 종류의 튜브에 연결되어 여전히 생명을 유지하고 있다.

A씨가 아무리 말을 걸어도 반응은 없다. 간호사는 "틀림없이 들릴 거예요."라고 말해주지만 처음에는 그 말이 믿어졌어도 5년이 지난 지금은 거의 포기하고 싶은 감정에 휩싸였다. A씨는 매일 침대에서 잠들어 있는 아버지의 모습을 보면서 자문자답을 되풀이했다.

"아버지는 이 상태가 행복하실까? 어쩌면 아버지는 튜브를 제거해 주기를 바라고 있지 않을까?"

A씨는 답변이 없는 세상을 혼자 표류하고 있는 듯한 마음이었다.

또 한 사람은 B씨다. A씨와 마찬가지로 B씨의 아버지도 몸져누워 있는 상태가 이어지고 있었다. 다만 A씨와 다른 것은 침대에 누워 있는 사람은 B씨의 시아버지라는 것이다. 남편은 오랜 기간 다른 지역으로 부임해 일하고 있었기 때문에 B씨가 일주일에 한 번 시아버지를 찾아가 보살피는 생활이 이어지고 있었다.

어느 날, 병원으로부터 B씨의 휴대전화로 긴급 호출이 들어왔다. 서둘러 달려가자 의사와 몇 명의 간호사가 시아버지의 침대를 둘러싸고 있었다. 상태가 좋지 않다는 사실을 한눈에 알 수 있었다.

의사는 이렇게 말했다.

"아버님 상태가 매우 위중한 상황입니다. 만약 이대로 연명 조치를 한다고 해도 회복 가능성은 없습니다. 연명 조치는 오히려 아버님을 고통스럽게 할 우려도 있습니다. 이 단계에서 연명 장치들을 제거하는 선택지도 있는데 어떻게 하시겠습니까?"

그런 중대한 선택을 혼자 할 수는 없었다. 하물며 친정 아버지도 아니고 시아버지였다. 남편과는 연락이 되지 않았다. 남편은 미리 "무슨 일이 있으면 당신이 결단을 내려."라고 말했지만 그 말을 그대로 받아들여도 좋은 것일까…. B씨는 결단을 내릴 수 없었다.

그 순간은 어떻게든 연명 조치를 해서 위기를 넘겼지

만 며칠 후에 시아버지는 결국 세상을 떠났다. B씨는 자신이 결단을 빨리 내리지 못한 탓에 시아버지가 더 고통을 당한 것은 아닌가 하는 생각에 오랫동안 마음 아파했다.

주변 사람들을 위해 마지막 상황을 전달해 두는 것도 필요하다. 건강 상태가 갑자기 변하는 것은 누구나 예측할 수 없다. 그렇기 때문에 만약 자신에게 의식이 없어진다면, 만약 튜브에 의존하여 연명하는 상태가 된다면 자신은 어떤 마지막을 맞이하기를 바라는지 가족과 친구, 소중한 사람에게 전달해 두어야 한다.

자신의 인생을 어떻게 마무리할 것인지를 명확하게 전달해 두는 것은 자신을 위해서가 아니다. 자신의 주변에 있는 소중한 사람들을 고통스럽게 만들지 않기 위해서다. 인생을 마무리하는 방법에 정답은 없다. 따라서 당신 자신이 해답을 찾아두는 것이 남은 사람들에 대한 마지막 사랑이 된다.

일상에
제약을 둔다

나는 20대에 수행을 처음 경험했는데 그때의 고통은 지금도 잊히지 않는다. 한편으로는 수행승이 아니었으면 경험할 수 없었던 귀중한 경험이어서 감사하는 마음도 있다. 그것은 현재의 생활에서는 좀처럼 체험할 수 없기 때문에 얻을 수 있었던 살아가는 지혜이기도 하다.

예를 들어 식사는 국 한 그릇, 반찬 한 종류가 기본인데, 아침에는 죽, 점심과 저녁은 보리를 섞은 밥과 데친 채소 그리고 국물과 단무지 등의 절임류였다. 젊은 수행승의

심플하게 나이 드는 기쁨

입장에서는 만족스럽지 못한 양이었기 때문에 늘 배가 고팠다.

영양부족 상태가 계속 이어져 두세 달 만에 대다수의 수행승들이 각기병 등의 증상 때문에 고통을 받았다. 당연히 간식 등은 전혀 허락되지 않는다. 꿈에 달콤한 과자가 등장할 정도였지만 현실적으로는 입에 넣을 수 없었다. 하지만 반년 정도 지나자 몸이 그런 식생활에 완전히 익숙해졌다. 공복감은 있지만 참을 수 있을 정도였다. 때로는 '맛있는 만두를 먹고 싶다.'는 생각도 들지만 그 유혹조차 떨쳐낼 수 있게 되었다.

이런 식생활에 익숙해지면 신기한 일이 일어난다. 속이 불편한 느낌이 전혀 들지 않는다는 것이다. 일상생활을 하다 보면 왠지 모르게 속이 거북한 느낌이 들 때가 자주 있다. 하지만 수행승 시절을 떠올리면 그 당시에 속이 불편했던 적은 전혀 없었다.

그렇게 생각하면 몸을 망가뜨리는 원인 중 하나가 과식이라는 사실을 알 수 있다. 현대인은 분명히 과식을 하고 있다. 점심시간이 되었다고 식욕도 없는데 음식을 섭취하는 사람들이 있다. 그런 생활이 질병을 일으킨다.

　수행승 시절을 생각하면 또 한 가지 떠오르는 기억은 행사나 법회가 있을 때 이외에는 매일 맨발로 보냈다는 것이다. 춘하추동, 아침부터 잠이 들 때까지 맨발이었다. 한겨울에도 맨발로 지냈다. 너무 차가워서 항상 발이 저리는 듯했다.

　이렇게 추위를 견디며 생활하니까 단순하게 생각한다면 감기에 걸리는 것이 당연하다. 하지만 신기하게도 감기에 걸리는 수행승은 거의 없었다. 인플루엔자 등은 별개지만 이른바 일반적인 감기는 나도 전혀 걸려본 적이 없었다.

　맨발로 생활하면 감기에 걸리지 않는다는 게 의학적으로 근거가 있는지는 모르겠지만 맨발로 생활하는 수행승들은 정말로 감기에 거의 걸리지 않았다. 맨발 생활은 수행 생활을 끝내고 내가 속한 절로 돌아온 이후에도 계속되었지만 지금은 한겨울에는 얇은 양말을 신는다. 그러나 기본적으로는 한겨울을 제외하면 맨발로 지내고 있다. 굳이 맨발 생활을 하려고 애쓰는 것이 아니라 맨발이 편하기 때문이다. 생각해 보면 원래 인간은 알몸으로 생활했으니까 맨발 쪽이 몸에는 더 도움이 될지도 모르겠다. 몸은 맨발이 편안하다는 사실을 본능적으로 알고 있는 것이 아닐까.

규칙적인 생활을 하고 국 한 그릇, 반찬 한 가지라는 간소한 식생활을 하는 것, 그리고 몸이 무엇을 기뻐하는지, 몸이 보내는 목소리에 귀를 기울이면서 살아가는 것이 건강에는 무엇보다 중요하다.

그렇게 하기 위해서 일상생활 안에 '제약'을 두는 것은 어떨까. 편한 쪽만 선택하고 욕망이 내키는 대로 움직이는 것이 아니라 몸과 마음을 제어하는 제약을 두는 것이다.

갓 수행승이었던 시절에는 다리조차 편하게 뻗을 수 없었다. 수행을 끝내고 다리를 마음껏 뻗었을 때 느꼈던 편안한 기분을 나는 지금도 잊지 못하고 있다. 반복적인 일상에서 기쁨을 발견하기 위해서라도 생활에 약간의 제약을 두는 것이 좋다.

4장

소박함 속에서
다시 배우는
풍요로움

마지막에
남기고 싶은 것

'묘소'를 없애는 사람들이 증가하고 있다. 묘소가 고향에 있는 경우에는 명절에만 찾아가 성묘를 하는 사람들이 많다. 그런데 나이를 먹을수록 먼 고향을 찾는 일은 줄어든다. 조상 대대로 지켜져 온 묘소를 어떻게든 유지하고 싶어 하는 마음은 있어도 현실적으로는 어려운 일이다.

자녀들에게 그런 부담을 강요하고 싶지는 않다고 생각하는 사람도 있다. 그럴 경우, 선택지는 두 가지밖에 없다. 고향의 묘소를 없애고 자신의 집에서 가까운 곳에 새로운 묘소를 만들거나, 수목장 등을 하여 묘소 자체를 없애는 것이다.

도시에서 생활하고 있다면 집 근처에 묘소를 만드는 것은 쉬운 일이 아니다. 그렇다고 멀리 떨어진 곳에라도 모신다고 한다면 차라리 고향에 그냥 내버려두는 것과 다를 게 없다. 그래서 아예 묘소를 없애는 쪽이 낫다고 생각하는 사람들이 증가하고 있다.

우리는 예로부터 자신이 생을 마감했을 때에는 조상 대대로 이어져 내려오는 선산에 묻힌다는 생각을 해왔다. 생을 마감하고 무덤으로 들어가면 그리운 부모님과 먼저 세상을 뜬 형제들을 만날 수 있다고 생각하는 것이다. 그렇게 생각하면 죽음에 대한 공포심이 완화되기 때문일까.

자신이 먼 여행을 떠나 무덤 속으로 들어가면 틀림없이 명절에 가족들이 찾아와 주고 때로는 친구가 찾아와 줄 것이다… 그런 안도감이 있어서 사람은 어느 정도 편안한 마음으로 마지막을 맞이할 수 있는 것인지도 모른다.

사람이 마지막에 남기고 싶은 것은 재산이나 업적이 아니라 이 세상에 확실하게 존재했었다는 '살았다는 증거'가 아닐까. 자신이 살았다는 증거는 결국 누군가의 마음에 남아 있다는 것이다. "그 사람은 정말 상냥한 사람이었어.", "그 사람은 늘 주변 사람들을 생각하는 배려심이 깊은 사람이었어."라는 식으로, 남겨진 사람들의 마음속에 그 사람에 관한 추억이 남아 있다는 것이야말로 그 사람이 살았다는 증거이며 행복한 인생이었다고 말할 수 있다. 남겨진 사람이 세상을 떠난 사람을 떠올리고 그 사람이 살았던 증거로서 만날 수 있는 장소가 묘소다.

한편 시신이나 유골을 묘소에 안치하지 않고 생전에 정말 좋아했던 바다에 뿌려주기를 바라는 사람도 있다. 또는 자기가 좋아했던 산에 뿌려주기를 바라는 사람도 있다.

남편의 유언을 따라 바다에 유골을 뿌린 여성이 있었다. 남편이 세상을 떠난 직후에는 남편의 바람을 들어줄 수 있어서 다행이라고 생각했지만 날이 갈수록 쓸쓸한 생각이 들었다고 한다. 유골을 전부 뿌리지 말고 절반만

뿌리고 절반은 묘소에 안치했으면 어떨까 하는 후회가 된다고 한다. 바다로 가면 언제든지 남편의 영혼을 만날 수 있을지 모른다고 생각했지만 실제로 눈앞의 거대한 바다를 바라보면서 남편의 모습을 상상하기가 쉽지 않았기 때문이다.

묘소 앞에 조용히 앉아 "여보, 오늘은 날씨가 정말 좋네요."라고 말을 거는 시간이야말로 고인을 생각하는 마음과 그 마음에 호응을 해주는 영혼이 만날 수 있는 소중한 시간일 수 있다. 묘소는 세상을 떠난 사람을 위해서만 존재하는 것이 아니다. 남겨진 사람들을 위한 것이기도 하다.

열심히 살아온 인생을 칭찬한다

옛날, 중국 양(梁)나라의 무제는 신앙심이 깊기로 유명했다. 열심히 사경을 하면서 일상생활에서도 불교에 깊이 심취해 있었다. 그뿐 아니라 국고를 들여 수많은 사찰을 건립했다. 조금이라도 불교 발전에 도움이 되고 싶다고 생각했기 때문이다. 언젠가 무제는 달마대사(達磨大師)에게 이렇게 물었다.

"대사님, 나는 지금까지 많은 절을 건립했습니다. 불교를 위해 이렇게 애를 썼는데 나는 어떤 공덕을 얻을 수 있겠습니까?"

이 질문에 대해 달마대사는 한마디로 "무공덕입니다." 라고 대답했다.

일체의 보답을 바라지 않는 것이 선종의 기본이다. '이렇게 했으니까 좋은 일이 있을 것이다.', '이렇게 노력을 했으니까 보답이 있을 것이다.'라고 생각한 시점에서 그것은 순수한 행위로서의 의미를 잃는 것이다.

무제는 왜 공덕을 바랐던 것일까. 자신이 한 행위에 어울리는 결과를 얻고 싶었기 때문이다. 이것은 무제에게만 해당하는 문제가 아니다. 대다수의 사람들은 자신이 예상한 결과가 나오지 않으면 낙담하는 경우가 많다. 결과를 기대했기 때문에 낙담을 하는 것이다. 보답을 바라지 말고 오직 순수한 마음으로 행하라는 것이 '무공덕'의 가르침이다.

우리는 아무래도 자신의 행위에 대하여 결과를 바라게 된다. 노력을 하면 나름대로 만족스러운 결과를 기대하고, 누군가를 위한 행위를 하면 고맙다는 인사를 기대한다. 그러나 기대한 결과를 얻지 못했을 때 사람은 자기도 모르게 '쓸데없이 시간을 낭비했어.'라고 생각한다.

다시 강조하지만, 인생에서 쓸데없는 행위는 없다. 뜻대로 되지 않았을 때도, 기대했던 만큼의 결과가 나오지 않았을 때도 그것은 결코 쓸데없는 행위가 아니다.

"노력은 반드시 보답을 받는다."는 말이 있는데 맞는 말이다. 다만 이 '보답'이라는 것은 성과가 나타난다는 의미만은 아니다. '보답을 받는다'는 말의 진정한 의미는 '자신의 인생이 풍요로워진다'는 것이다. 성공했는가, 실패했는가 하는 문제는 결과가 나왔는가, 나오지 않았는가 하는 것과는 관계가 없다. 최선을 다해 노력하는 것 자체가 자신에게 좋은 경험이 되고, 그것들이 축적되어 인생을 풍요롭게 만들어준다.

지금까지 열심히 노력해 온 자신을 스스로 칭찬해 주자. 그리고 앞으로는 그야말로 무공덕의 마음을 가지고 살아보자. 자신의 행위에 대하여 무엇인가 보답을 바라거나 고맙다는 말을 바라는 것이 아니라 순수하게 눈앞에 있는

심플하게 나이 드는 기쁨

그 사람을 위해 최선을 다하자.

상대방을 위해 최선을 다한다는 것은 크게 어려운 일이 아니다. 선어에 '애어(愛語)'라는 말이 있다. 애정이 담긴 따뜻한 말을 할 수 있도록 신경을 쓰라는 뜻이다. 눈앞에 있는 누군가에게 무심히 애정이 담긴 말을 건네보자. 그처럼 무공덕으로 살면 주변 사람들도 행복감을 느낄 것이고 또 보답을 바라지 않으면 자신의 마음도 가벼워질 것이다.

매일의 작은 행복을
소중하게 여긴다

사람은 누구나 '행복해지고 싶다'고 생각한다. 행복하기를 바라지 않는 사람은 없을 것이다.

'행복'은 대체 무엇일까. 만약 "당신의 행복은 무엇입니까?"라는 질문을 받는다면 무엇이라고 대답하겠는가. "돈을 많이 버는 것입니다.", "건강하게 장수하는 것입니다.", "마음껏 여행을 즐기는 것입니다.", "배우자와 즐겁게 사는 것입니다.", "아이들이 행복해지는 것입니다." 등등 여러 가지가 있을 수 있다.

사람에 따라 행복의 대상은 다르지만 한마디로 말한다면 '행복하다고 느끼는 사람'이 행복한 것이다. 일상생활에는 그야말로 다양한 행복이 존재한다. 아침에 잠에서 깨어나는 것, 맛있는 식사를 하는 것, 근처 공원에 꽃이 피어 있는 것, 기분 좋은 바람을 느끼는 것, 그리운 친구에게서 연락이 오는 것, 어제 할 수 없었던 것을 오늘 할 수 있게 된 것, 앞으로 하고 싶은 일을 발견하는 것, 책을 읽다가 마음에 드는 문장을 만나는 것…. 무엇인가 아주 특별한 것이나 다른 누군가가 당신을 행복하게 해주는 것이 아니라 행복하다고 느끼는 마음을 가지고 있으면 그것만으로 일상은 행복감에 싸인다.

태양은 모든 사람에게 공평하게 빛을 뿌린다. 부드러운 바람은 모든 사람의 뺨을 쓸어준다. 그것을 행복하다고 느끼는가, 그렇지 않은가. 단지 그 차이만이 행복과 불행을 나눈다.

'일일시호일(日日是好日)'이라는 선어가 있다. 유명한 말이라서 들어본 사람도 있을 것이다. 1년 동안에는 맑고 기분 좋은 날도 있고 비가 계속 내려서 추적추적한 날도 있다. 1년 내내 맑은 날이 이어지는 경우는 없다. 비바람이 몰아치는 날도 있다.

그러나 우리는 '맑은 날은 기분 좋은 날이고 비가 내리는 날은 기분이 무거운 날'이라고 생각하기 쉽다. 그것을 행복과 불행으로 말한다면 맑은 날은 행복이고 비가 내리는 날은 불행이라고 생각하는 것이다.

'일일시호일'이란 어떤 날이건 각각 장점이 있다는 의미다. 맑은 날은 즐거운 기분이 들겠지만 비가 내리지 않으면 맛볼 수 없는 체험이 있다. 어느 쪽이 좋고 나쁜 문제가 아니라 각각 그 무엇과도 바꿀 수 없는 장점이 있으니 그것을 바라보라는 가르침이다.

인생도 마찬가지다. 자기 뜻대로 풀릴 때도 있고 그렇지 않을 때도 있다. 즐거운 일도 있고 괴로운 일도 있다. 그래도 괴로운 일이 곧 불행은 아니다. 설사 괴로운 일이 있다고 해도 그것은 그날이어야 맛볼 수 있는 소중한 날이다. 그 앞에는 반드시 기쁜 일이 기다리고 있을 것이다. 고

심플하게 나이 드는 기쁨

통이나 슬픔이 계속 이어지는 경우는 없으니까.

행복을 느끼는 마음을 기르자. 추울 때 따뜻한 욕조에 몸을 담그면 자기도 모르게 "아, 행복해."라는 말이 나올 것이다. 이것이 "당신의 행복은 무엇입니까?"라는 질문에 대한 답이다. 그것을 느낄 수 있는 마음만 있으면 언제 어디서든 행복해질 수 있다.

손을 잡고
함께 간다

과거에는 고령자가 혼자 생활하는 경우는 거의 없었다. 한 집에서 삼대가 사는 경우가 많았고 형제도 많았기 때문이다. 어떤 사정으로 혼자 생활하게 되었다고 해도 근처에 친척이 있거나 친한 지인이 있어서 마음 놓고 생활할 수 있었다.

하지만 최근에는 혼자 생활하는 노인들이 급격히 증가하고 있다. 도시를 살펴보면 주민의 약 40%가 독거노인이라는 데이터도 있다. 거기에는 사회구조와 가족관의 변화

심플하게 나이 드는 기쁨

등 몇 가지 요인이 있다.

그러나 인간은 혼자서는 살 수 없다. 사회에서 살아가는 한 항상 누군가와 관계를 맺으면서 살아간다. 60세가 넘으면 취미를 가지는 게 좋다고 말하는 이유는, 몸과 마음의 건강도 중요하지만 커뮤니티에 소속되는 것으로 안도감을 얻을 수 있기 때문이다. 사람에 따라서는 새삼스럽게 무슨 취미냐고 생각하는 사람도 있겠지만 새로운 취미를 만들지는 않는다고 해도 컴퓨터나 휴대전화를 사용하여 유튜브나 블로그 등을 해보는 것도 좋다.

즐거웠던 사건을 재미있게 소개해 보는 것도 즐거울 것이고, 생각한 것이나 느낀 것을 적어보는 것도 좋을 것이다. 글을 써본 적이 없는 사람이라고 해도 과거의 인상적인 사건을 떠올려 적어보거나 매일의 식사를 사진으로 찍어 업로드하는 것도 좋다. 그렇게 하는 것으로 누군가의 눈에 띄게 되고, 그중에는 댓글을 달아주는 사람도 나올 수 있다.

매우 얄팍한 관계라고 할 수도 있겠지만 스스로 소통 창구를 열어 맺어진 관계이기에 귀중한 체험이 될 것이다. 그로써 기쁨이나 즐거움을 얻을 수 있으며, 나아가 얄팍한 관계가 깊은 관계로 확장될 수도 있다. 글을 써서 발신을 해보고 싶지만 문장 작성에 자신이 없다면 문화센터에서 글을 쓰는 방법을 배워보자. 문장을 쓸 수 있지만 컴퓨터나 휴대전화가 익숙지 않다면 컴퓨터를 배워보자. 흥미를 느끼는 것이 있으면 일단 시도하자. 그렇게 하면 뜻밖으로 새로운 인간관계가 만들어진다.

선어에 '파수공행(把手共行)'이라는 말이 있다. '손을 잡고 함께 간다'는 뜻이다. 믿을 수 있는 사람, 뜻이 맞는 사람, 평생을 함께하기로 한 배우자와 손을 잡고 살아가는 것, 그것은 멋진 일이다. 그러나 '파수공행'의 의미는 좀 더 깊은 곳에 있다.

시고쿠(四国)의 순례자들이 쓰는 삿갓에는 '동행이인(同行二人)'이라는 글이 쓰여 있다. '이인'이 의미하는 것은 한 명은 자신, 또 한 명은 마음속에 있는 홍법대사(弘法大師: 헤이안시대의 승려 구카이空海의 시호)다. 순례를 하는 도중, 자기 혼자 걷고 있는 것이 아니라 홍법대사가 항상 지켜주고 있으며 함께 걷고 있다는 뜻이다. 이 마음이 혼자 길을 걷는 고독감을 치유해 주고 용기를 준다.

지금 혼자 생활한다고 외로워하는 사람이나 적극적으로 사람을 사귀지 못하는 사람은 누군가에게 글로 마음을 전해보는 것이 어떨까. 친구에게 편지를 써보는 것도 좋다. 과거의 기억을 되살리면서 친구에게 마음을 전해보자. 혼자 편지를 쓰고 있어도 그 시간은 결코 고독하지 않을 것이다. 편지를 쓰면서 친구와 마음이 연결되기 때문이다. 돌아가신 부모님이나 가족을 생각하는 것도 나쁘지 않다. 그들과의 추억을 되돌아보는 시간에는 고독을 느끼지 않을 것이다.

물리적으로는 혼자 살고 있어도 마음은 늘 누군가에게 향해 있다. 그런 마음가짐을 가진다면 결코 외롭지 않은, 풍요로운 생활이 될 것이다.

노년의 배움이
삶의 버팀목이 된다

나이를 먹으면서 느끼는 가장 큰 즐거움은 '배움'에 있다. 교양이나 배움이라는 말을 들으면 어렵게 느껴질지 모르지만 그렇지 않다. 우리 인간에게는 지적 호기심이라는 것이 갖추어져 있기 때문이다. 자신이 몰랐던 것을 알고 싶어 하는 마음, 새로운 것을 경험해 보고 싶어 하는 마음은 누구나 가지고 있다.

내가 아는 한 여성은 60세가 지났을 때 반야심경을 외우기로 결심했다. 계기는 우연히 방문한 절에서 불상을 돌

심플하게 나이 드는 기쁨

아보다가 그중 한 불상의 아름다움에 깊은 인상을 받았기 때문이다. 그녀는 지금까지 친구와 사찰을 방문한 적은 있어도 불교나 불교미술에는 전혀 흥미가 없었다. 하지만 그 순간은 불상이 매우 아름답게 느껴지면서 자기도 모르게 빨려 들어가는 듯한 느낌이 들었다고 한다.

그래서 "불교에 좀 더 다가가고 싶어."라는 마음이 들었고 반야심경을 외우기로 결심한 것이다. 과거와 달리 기억력도 떨어졌기 때문에 어제 외운 것도 다음 날에는 잊어버리고, 오전에 외운 것도 오후에는 잊어버리는 나날이 이어졌다.

그러나 그녀는 제대로 외우지 못하는 것에 전혀 신경을 쓰지 않았다. 자신이 좋아서 외우려 하는 것이니까 시간에 얽매일 필요는 없다고 생각했다. 누군가에게 강요를 받아 외우는 것이 아니고 기일이 한정되어 있는 것도 아니다. 그러니까 몇 번을 잊어버려도 상관없다는 생각으로 마음 편히 매일 하루의 일과로서 반복적으로 외웠다. 그러자 몇 개월 만에 반야심경을 전부 외우게 되었다.

그렇게 반야심경을 모두 외우게 되었을 때 그녀의 마

음은 크게 바뀌었다. 하나는 외웠다는 성취감과 자신감으로 매일 반야심경을 욀 때마다 그 감개를 맛볼 수 있었다. 또 하나는 신앙심이다. 이전까지는 불교에 전혀 흥미가 없었던 그녀였지만 반야심경을 접하면서 깊은 깨달음과 부처님에 대한 깊은 신앙을 갖게 됐다.

심경의 변화는 그녀의 일상을 크게 바꾸어 놓았다. 도전을 해서 달성할 수 있었다는 자신감이 자신에 대한 신뢰를 되찾게 해주었고, 강한 마음을 지닐 수 있게 되었다. 또 부처님에 대한 신앙심은 어떤 일이 발생하더라도 잘 마무리될 것이라는 안도감을 안겨주어 매일 풍요로운 마음으로 지낼 수 있게 되었다.

우리는 여기서 배움이 인생을 지탱해 준다는 귀중한 사실을 깨닫게 된다. 배움은 믿음을 갖게 해준다. 노래를 배우는 사람은 노래의 기쁨을 믿고, 글을 배우는 사람은 글의 아름다움을 믿으며, 요리를 배우는 사람은 식사가 행복감을 안겨준다고 믿는다.

무엇을 배우는가, 무엇을 믿는가는 각각의 흥미에 따

라 다르겠지만 배움은 반드시 마음속에서 하나의 '축'이
되어간다. 학창 시절의 공부나 일을 하기 위해 배우는 것
과는 달리 나이를 먹은 이후의 배움이야말로 진정한 의미
에서 자신을 지탱해 주는 배움이 된다.

과거에
집착하지 않는다

과거, 현재, 미래를 불교에서는 '삼세(三世)'라고 부른
다. 우리 모두는 이 삼세 안에서 살고 있다.

삼세 중에서 가장 중요한 것은 현재다. 두 번 다시 돌아
오지 않는 과거에 얽매이지 않고, 아직 오지 않은 미래를
걱정하는 일 없이 현재를 열심히 살아가는 것, 그것이 무
엇보다 중요하다고 불교에서는 가르친다.

그러나 인간은 좀처럼 그렇게 살지 못한다. "그때 다른
길을 선택했어야 했어.", "왜 그런 행동을 했을까.", "그 말

만 하지 않았다면 소중한 사람과 헤어지지 않았을지도 몰라." 등등 과거를 후회하거나 "앞으로 어떻게 해야 좋을까?"라고 미래의 불안 때문에 괴로워하기도 한다.

현재를 잃으면 이런 생각이 든다. 자신의 상황, 지금 자신이 어떻게 해야 할지, 무엇에 기쁨을 느끼고 어떻게 살고 싶은지를 잃어버리면 즉시 과거에 대한 후회와 미래에 대한 불안감에 휩싸인다.

그러나 과거를 바꿀 수는 없다. 후회가 되어 누군가와의 관계를 회복하기를 바란다고 해도 이미 그 상대는 이 세상에 없는 경우도 있다. 이 '어쩔 수 없는' 감정 때문에 괴로워지는 것이 노년기다.

그래도 미래는 바꿀 수 있다. 선어에 '불퇴전(不退轉)'이라는 말이 있다. 이 말의 의미는 무슨 일을 하든 물러나지 않는다는 각오를 가지라는 것이다. 선승은 수행에 힘쓴 끝에 깨달음이 있고, 일단 깨달음의 세계로 들어가면 무슨 일이 있어도 어지러운 세계로 돌아오지 않는다는 신념을 가지고 있다. 그런 각오 끝에 있는 미래를 가슴에 품고 현재라는 '지금'을 산다.

'미래'라는 말을 들으면 고령일수록 "이제 나의 미래는 그렇게 많이 남지 않았어….'라고 말하지만 꼭 그렇지는 않다. 미래는 남은 시간이 길수록 의미가 있다거나 젊은 사람들이나 입에 올릴 수 있는 특권이 아니다.

지금 살고 있다는 것은 미래가 있다는 것이다. 나이와는 아무런 관계가 없다. 중요한 것은 지금 어떻게 살고 있는가, 그 삶이 미래를 만들고 있는가 하는 것이다. "예전에는 정말 좋았어.'라거나 "그건 하지 말았어야 했어.'라는 말만 하면서 언제까지나 과거의 시간 속에서 살고 있으면 미래조차도 과거의 시간으로 메워버리는 결과가 나온다. 그것은 정말 아까운 일이다.

오늘의 삶이 내일을 만든다. 만약 기쁘고 즐거운 내일을 맞이하고 싶다면 오늘 그런 마음으로 살아보는 것이 어떨까. 희망이 있는 내일을 맞이하고 싶다면 희망을 가지고 오늘을 살아보면 어떨까. 그런 순간순간의 자신의 모습이 인생을 만들어간다.

심플하게 나이 드는 기쁨

'애매함'이라는
지혜를 가진다

어떤 문제를 양자택일로 생각하지 않는 것이 선의 기본적인 사고방식이다. 몇 가지 선택지가 눈앞에 나타났을 때 우리는 아무래도 어느 한 가지를 선택해서 결정을 내리려 한다. 물론 한 가지를 선택하지 않으면 안 될 상황도 있지만 노년으로 접어들면 그런 답답한 사고방식은 버려야 한다.

어느 쪽이 좋은지 질문을 받으면 "뭐, 어느 쪽이든 상관이 없을 것 같습니다."라고 애매하게 대답해 본다. 그 애매함 속에 상대방에 대한 배려와 인정, 따뜻하게 지켜보겠다는 애정이 포함되어 있다.

어떤 부부의 이야기를 해보자. 현역에서 물러난 뒤, 부부가 최후를 맞이하게 될 집은 어디가 좋을지 이사를 생각하게 되었다. 남편은 정년 이후에는 고향으로 돌아가 자연에 둘러싸여 간단한 농사를 지으며 살고 싶어 했다. 한편, 아내는 지금까지 살아와서 익숙한 도시가 좋다고 생각했다. 남편의 고향과는 아무런 연고도 없고 그녀는 한 번도 살아본 적이 없는 곳이다. 이사를 한다면 친구들과도 헤어져야 하니까 당연히 현재의 장소에 남고 싶었다. 어떻게든 고향으로 돌아가고 싶다고 주장하는 남편과 그것은 독선적이라고 주장하는 아내의 대화는 접점이 없는 평행선만 달릴 뿐이었다.

여기에서 두 사람은 나름대로 틀에 박힌 고정관념을 가지고 있다. 남편의 고정관념은 '아내는 남편을 따라야 한다'는 것이고, 아내의 고정관념은 '부부는 함께 사는 것이 당연하다'는 것이다. 두 사람의 고정관념이야말로 문제를 해결하지 못하는 원인이었다.

'부부는 이런 것이다', '부부는 이래야 한다'는 말처럼 사람은 무엇인가 틀을 정해놓고 싶어 한다. 그런 틀이나 고정관념을 버리고 약간 느슨하게, 애매하게 생각해 보는 것은 어떨까.

나는 이 부부에게 한 가지 제안을 했다.
"부부의 관계에 관해서 약간 애매하게 생각해 보면 어떻겠습니까?"
그러고는 몇 년이 지나 부부에게서 편지가 왔다. 내용을 보니 남편은 고향에서 밭을 경작하면서 살고, 부인은 지금까지 살던 집에 남아 친구와 즐겁게 살고 있다고 했다. 서로의 뜻을 존중하면서 서로 오가는 형태로 즐겁게 살고 있다는 것이다. 부부 관계를 약간 애매하게 생각해 보는 것으로 서로 만족할 수 있는 상태에 도달한 것이다.

애매함은 부정적으로 받아들여지는 경우가 있다. 예를 들어, 분명하게 의견을 말하지 않는 사람을 "그 사람은 자신의 생각을 말하지 않기 때문에 무슨 생각을 하고 있는지 알 수 없어."라는 식으로 표현하기도 한다. 그러나 대부분의 언쟁은 서로의 의견을 지나칠 정도로 명확하게 주장하기 때문에 발생하는 경우가 많다. 따지고 보면 모든 문제에 관하여 늘 명확한 해답을 도출하려 할 필요는 없겠다는 생각이 든다.

인생에서 발생하는 대부분의 사건은 사실 흑백으로 명확하게 결정할 필요는 없는, '어느 쪽이라도 상관없는' 듯하다. '어느 쪽이라도 상관없다'는 것은 결코 관심이 없다는 것이 아니다. 다양한 사고방식을 수용한다는 뜻이다.

예를 들어, 젊은 사람으로부터 상담을 요청받았을 때, "그건 절대로 하지 않는 게 좋아."라는 식으로 결정적인 대답을 하는 것은 어쩌면 당신의 독선적인 생각일 수도 있다. 따라서 상대방이 선택할 수 있는 능력이나 기회를 방해하는 결과를 낳을 수도 있다.

"꽤 어려운 문제이니까 천천히 해답을 찾아보는 게 좋을 것 같아."라는 식으로 애매한 답변을 하는 쪽이 상대방에게 생각하고 선택할 수 있는 자유를 주는 것이고 상대방에 대한 최대한의 배려가 될 수 있다.

세상에서 '절대적'이라고 잘라 말할 수 있는 것들은 대부분 고정관념인 경우가 많다는 것, 그리고 '애매한' 언행이 상대방을 위한 것일 수도 있다는 사실을 이해할 수 있어야 한다. 이것은 나이를 먹은 사람만이 가질 수 있는, 풍부한 경험을 통해 배운 지혜가 아닐까 싶다.

몰두할 수 있는
대상을 찾는다

"몰두할 수 있는 대상이 있습니까?"라는 질문을 받았을 때 즉시 대답할 수 있는 사람은 뜻밖으로 많지 않다. 젊은 시절에는 몰두할 수 있는 것을 발견하는 게 그렇게 어려운 것이 아니었다. 약간만 흥미를 느껴도 잇달아 새로운 정보들이 들어오면서 자연스럽게 몰두할 수 있는 대상이 만들어진다.

그러나 나이를 먹으면 몰두할 대상을 찾기가 어렵다. 우선 호기심이 줄어들어서 '몰두한다'는 감각을 갖기 어려운 사람도 있다. 또 몰두하려면 체력과 기력도 필요하다. 기분이 고조되면 몸과 마음이 지치기 때문이다.

한편, 모순 같지만 '몰두한다'는 것은 몸과 마음이 단번에 젊어지는 것이기도 하다. 70대, 80대에도 원기가 넘치는 노인들 대다수는 몰두하고 있는 대상이 있다. 그것은 그림일 수도 있고, 수영일 수도 있고, 공연 관람일 수도 있다.

어떤 80대 여성은 스마트폰을 가지게 된 것이 계기가 되어 사진 찍기에 몰두하게 되었다. 그때까지는 무릎과 허리의 통증을 이유로 외출을 기피하고 누워 지내는 일이 많았지만 집 안을 촬영하는 것부터 시작해서 점차 외출이 증가했다. 최근에는 아름다운 사진을 찍기 위해 손자와 함께 먼 곳까지 외출도 하게 되었다.

나아가 좀 더 걷기 위해 적극적으로 운동을 하거나 식사에 신경을 쓰게 되었는데 그때 발생한 사건이나 촬영한 사진들을 보고 즐거운 대화를 나누게 되었다. 그것은 같은 사람이라고는 도저히 생각할 수 없는 엄청난 변화였다.

젊어진다는 것은 이 여성처럼 단지 즐겁다는, 단지 재미있다는 이유만으로 움직일 수 있는 몸과 마음에 있다. 나이를 먹으면 일상에서의 시간을 어떻게 사용하는가 하는 것이 큰 문제가 된다. '할 일이 없다'는 것이 고민이 된다. 아무것도 하는 일 없는 하루가 증가한다는 것은 그것만으로 살아 있는 감각이 줄어드는 것이다.

선어에 '유희삼매(遊戲三昧)'라는 말이 있다. "나를 잊고 몰두한다."는 뜻인데, 여기에서 말하는 '유희'란 단순히 놀이를 의미하는 것이 아니다. '유희'는 목적이나 평가가 일체 존재하지 않는 세계를 나타낸다.

나이를 먹어서 시작하는 취미의 장점은 거기에 명확한 목적이나 평가가 개입되지 않는다는 것이다. 타인의 평가에 신경 쓰지 말고 단지 자신이 즐거운 것을 하면 된다.

또 '유희삼매'의 '삼매'는 그 무엇에도 얽매이지 않는 마음을 가리킨다. 그러니까 '카메라 삼매'라고 하면 모든 것을 잊고 집중해서 촬영을 하는 '몰두한 상태'라는 뜻이다.

모든 것을 잊고 집중할 수 있는 것이 있다면 그야말로 풍요로운 시간을 보낼 수 있다. "지금부터 새로운 것을 시작한다는 건 무리야."라고 하지 말고 일단 해보자. 한 번 해보았는데 할 수 없거나 적성에 맞지 않는다면 그만두면 된다. 인생에는 마음이 내키는 대로 해본 결과 새롭게 발견할 수 있는 기쁨이 얼마든지 있다.

생명에 관하여
생각한다

대다수의 사람들은 명절이나 기일에 묘소를 찾아 성묘를 한다. 많으면 1년에 몇 차례 정도 성묘를 간다. 성묘를 하는 시간은 매우 신성한 시간이다. 누구나 묘소에 잠들어 있는 부모나 조부모에게 말을 건 적이 있을 테지만 그것은 묘소 안에 있는 부모나 조부모에게 하는 말이 아니라 묘소 앞에 앉아 있는 자기 자신을 향해서 하는 말일 것이다.

묘소 앞은 어떤 말을 해도 걱정 없이 이야기할 수 있는 귀중한 공간이다. 마음을 가라앉히고 묘소 앞에 앉으면 자

심플하게 나이 드는 기쁨

신이 끌어안고 있는 불안감이나 앞으로 대처해야 할 일들, 소중한 사람의 행복을 기원하는 마음이나 지금까지 무사히 살아온 것에 대한 감사 등이 잇달아 떠오른다.

또 선조들에 대한 기억과 추억들도 자연스럽게 되살아난다. 이 세상에 선조가 없는 사람은 한 명도 없다. 낳아준 부모님이 있기 때문에 나도 이 세상에 존재할 수 있다.

선조들을 생각할 때 우리는 생명의 고귀함을 깨닫는다. 살아 있다는 것에 대한 고마움도 새삼 깨닫는다. 불교에서는 생명은 선조들이 맡긴 것이라고 생각한다. 그렇기 때문에 결국에는 되돌려드려야 한다. 좀 더 폭넓게 말한다면 부처에게로 돌려드려야 한다.

그런 차원에서 자신의 생명 또한 소중하게 여겨야 한다. 예를 들어 다른 사람에게 빌린 책은 누구나 소중하게 여길 것이다. 만약 자신의 책이라면 어느 정도 함부로 다룰 수도 있지만 빌린 책이라면 절대로 함부로 여길 수 없다. 우리의 생명과 신체도 마찬가지다.

인간은 나이를 먹으면 생명에 관하여 생각하게 된다. 주변에서 흔히 들을 수 있는 말은, 부모님을 잃은 뒤에 자신의 죽음에 대하여 생각하기 시작한다는 것이다. 일반적인 나이를 생각한다면 50대에서 60대 정도에 대다수의 사람들이 부모님을 잃는다. 즉, 이 시기부터 우리는 자신의 죽음을 의식하기 시작한다는 것이다.

묘소 앞에서 자신의 마음을 드러내거나 불단을 향하여 합장을 하는 것, 그것은 단순한 종교심 때문만은 아닐지도 모른다. 자신이 걸어온 인생을 돌아보거나 앞으로 걷게 될 여정을 생각하는 것이다. 그런 시간을 가지면서 우리는 무엇인가를 발견하게 된다. 늙어가는 자신의 내부에 나름대로의 인생을 완수한다는 생각을 가지고 선조들 앞에서 그 해답을 찾고 있는 것이 아닐까.

당신의 말을
남긴다

이 세상을 떠나는 사람이 해야 할 것이 있는데, 그중 한 가지가 유언을 남기는 것이다. 유언에는 두 종류가 있다.

첫 번째는 사회적인 유언이다. 예를 들어 자신이 세상을 떴을 때에 장례를 어떤 식으로 치러주기를 바라는지, 자신이 소중하게 여겨온 물건은 어떻게 처분해 주기를 바라는지, 그리고 재산은 어떻게 분배하기를 바라는지 등을 기록하는 것이다. 남겨진 사람들이 당황하지 않도록 확실하게 자신의 뜻을 전달해 두어야 한다. 이것은 인생에서의 마지막 의무다.

또 하나는 '마음의 유언'이다. 자신이 지금까지 걸어온 인생을 되돌아보고 나름대로 경험해 온 것을 기록해 둔다. 특별히 훌륭한 업적을 이루지 않고 평범한 인생을 살아왔다고 생각하는 사람도 있을 것이다. 그래도 당신의 인생 경험이 도움이 될지를 결정하는 것은 당신이 아니라 그것을 읽는 배우자나 자녀, 또는 손자나 친구들이다. 자신에 관해서는 스스로는 알 수 없다. 본인은 대단한 경험이 아니라고 생각한다고 해도 당신이 살았던 세월의 무게는 남겨진 사람들의 마음에 틀림없이 도움을 줄 수 있다.

성공을 한 경험뿐 아니라 실패한 경험도 남겨야 한다. 남겨진 소중한 사람들이 같은 실수를 저지르지 않도록, 또 같은 곤경에 놓였을 때 어떤 식으로 판단해야 좋은지 길잡이를 해주는 것이 마음의 유언이다.

오랜 세월 함께한 배우자에게 평소 감사의 말을 전하는 사람은 많지 않을 것이다. 그렇다면 적어도 '마음의 유언'에 감사의 말을 남기는 게 어떨까. 가족 이외에도 다양한 시간을 보낸 소중한 동료들이 있다. 그런 소중한 사람들에게 그 무엇과도 바꿀 수 없는 당신의 말을 남기자.

"자네의 웃는 얼굴 덕분에 늘 행복했네. 앞으로도 그 미소로 많은 사람들에게 행복을 안겨주기를 바라네."

"늘 힘이 되는 말을 해주어서 정말 고마워. 자네가 있으면 주변에 활기가 넘쳤어. 자네는 태양 같은 사람이야."

그 친구가 미소를 잃게 되거나 기운이 빠질 때 당신의 이 말을 기억해 내고 다시 분발해서 일어날 것이다. 당신의 말은 남겨진 사람의 마음에 남아 희망이 될 것이다.

'상속'이라는 말이 있는데, 이것은 원래 불교의 말이다. 스승이 지금까지 쌓아온 수행을 통해서 얻은 것이나 자신이 걸어온 여정을 제자들에게 전해주는 것, 말이나 마음을 전하는 것을 상속이라고 불렀다. 제자들은 스승의 말을 이정표 삼아 수행의 길을 걷는다.

물건뿐 아니라 형체가 없는 마음도 전할 수 있다. 그것은 사람이 살아가는 데에 가장 중요하다. 마음을 이어받는 사람이 있는 한, 당신은 그 사람의 마음속에서 계속 살아갈 수 있다.

이 순간에
다시 감사할 것

선어에 '형직영단(形直影端: 형체가 바르면 그림자도 바르다)'이라는 말이 있다. "모습이나 자세가 아름다우면 그 사람의 그림자 역시 단정하다."는 뜻이다. 여기에서 '그림자'를 '마음'으로 바꾸면 "모습이나 자세가 아름다우면 그 사람의 마음 역시 단정하다."가 된다. 나아가 '형체'를 '일상생활'로 바꾸면 "일상생활이 아름다우면 그 사람의 마음 역시 단정하다."로 바꿀 수 있다.

매일매일 정성을 다해 보내자. 아침에 일어나면 창문

심플하게 나이 드는 기쁨

을 열고 방 안의 공기를 바꾸면서 청소를 하자. 주방과 화장실을 깨끗하게 치우고 현관을 정비하고, 물건이 흐트러져 있으면 원래의 위치로 되돌려놓는다. 식사는 국 한 그릇, 반찬 세 가지를 의식하여 차린다. 마음에 드는 그릇에 담아 식탁에 준비해 두고 마음을 가라앉힌 뒤에 조용히 두 손을 모은다. 이 정도는 그렇게 어려운 작업이 아닐 것이다. 이런 일을 매일 반복하면 자연스럽게 자세가 정돈되고 마음도 정비된다.

하나하나를 서두르지 말고 천천히 정성을 다하자. 텔레비전을 보면서, 음식을 먹으면서, 신문을 읽으면서, 대화를 나누면서… 이런 식으로 사람은 무언가를 하면서 다른 행동을 하는 경우가 많다. 텔레비전을 보면서 하는 식사는 그 맛을 얼마나 즐길 수 있을까. 대화를 나누면서 하는 청소는 얼마나 깨끗하고 편안한 공간을 만들 수 있을까.

눈앞의 일에만 몰두하여 정성을 다해보자. 평범하고 단조로운 일상에 애정이 깃들고 삶이 보다 풍요롭게 바뀔 것이다. 방 안이 어느 정도 지저분해도 마음이 깨끗하면 그것으로 충분하다고 말하는 사람도 있다. 그러나 나는 지금까지 지저분한 모습을 하고 있는데 마음이 아름다운 사람은 만나본 적이 없다.

선어에 '대도통장안(大道通長安: 모든 길은 장안으로 통한다)'이라는 말이 있다. 한나라에서 당나라 시대까지 도읍이었던 장안은 당시 사람들이 동경하는 지역이었다. 그리고 장안으로 이어지는 길은 헤아릴 수 없을 정도로 많았다. 즉, 어떤 길을 걸어도 마지막에는 장안에 도착했다.

우리 인생 역시 마찬가지다. 이 세상에 태어나 저세상으로 여행을 떠날 때까지 사람들은 각각 다양한 인생을 보낸다. 바꾸어 말하면 인생은 항상 혼자 걷는 여행이다. 어떤 인생을 보낼 것인가를 정하는 사람은 자기 자신이다. 자신이 바라지 않는 인생을 보냈다고 생각하는 사람도 있을지 모르지만 냉정하게 말하면 그것 역시 모두 자신이 선택한 인생이다.

그래도 모든 사람에게 공통되는 것이 한 가지 있다. '지금 이렇게 살아 있다'는 것이다. 어쩌면 질병에 걸려 고통을 받는 사람이 있을지도 모른다. 슬픔에 잠겨 있는 사람

심플하게 나이 드는 기쁨

도 있을 수 있다. 하지만 그래도 지금 우리는 이렇게 살아 있다.

무엇보다 중요한 것은 이 살아 있다는 행복을 깨닫는 것이다. 누구나 인생의 막을 내릴 때 '아, 정말 멋진 인생이었어.'라고 생각하기를 바란다. 그것은 인간으로서 자연스러운 바람이다.

어떤 길을 걷건 어떤 인생을 보내건 인간은 반드시 행복에 도달할 수 있다. 모든 길이 장안으로 통하듯 모든 인생은 행복으로 이어진다. 그것을 믿고 지금 이 순간에 감사하면서 정성을 다해 살아가야 한다. 그런 사람의 인생이야말로 아름다운 인생이다.

마치고 나서

최근 지인으로부터 요즘에는 초등학교 체육 수업에서 뜀틀을 넘지 못하는 아이에게는 무리해서 뛰어넘으라고 강요하지 않는다는 말을 들었다. 운동 능력이 있는 아이는 간단히 뛰어넘을 수 있다. 또는 운동이 조금 서툴러도 키가 큰 아이는 비교적 어렵지 않게 뛰어넘을 수 있다. 그러나 키가 작은 아이나 운동이 서투른 아이에게 뜀틀은 결코 쉽지 않은 관문이다. 그래도 예전에는 모두가 도전을 했다. 1년, 2년이 지나도 넘지 못하는 친구도 있었다. 모든 아이가 뜀틀을 넘을 수 있었던 것은 아니지만 그래도 모든 아이들은 그 도전을 통하여 반드시 성장을 이루었다.

그런데 지금은 그 도전조차 시키지 않는다고 한다. 무리해서 뛰어넘다가 부상이라도 당하면 큰일이다. 키가 작은 아이에게 다른 친구들과 비슷한 조건의 뜀틀을 넘으라고 하면 불공평하다고도 한다. 배려나 인정 때문에 그렇

게 하는 것이겠지만 시대가 정말 많이 바뀌었다는 느낌이
든다.

이 뜀틀 에피소드를 들었을 때 나는 문득 인생과 바꾸
어 생각해 보았다. 우리 인간은 이 세상에 태어난 이상 반
드시 죽음을 맞이한다. 그리고 죽음까지 주어진 시간은 사
람에 따라 다르다. 장수를 하는 사람도 있고 불행하게도
젊어서 죽음을 맞이하는 사람도 있다. 병에 걸려 사망하는
사람도 있고 사고를 당하여 사망하는 사람도 있다.

불교에서는 인간에게 '정명(定命)'이 있다고 생각한다.
정명이란 그 사람에게 정해진 생명으로, 태어났을 때부
터 각자의 생명의 길이는 정해져 있다는 사고방식이다. 또
'대왕생(大往生)'이라는 말이 있는데, 충분히 장수를 하다
가 잠이 드는 것처럼 세상을 뜨는 것을 가리킨다.

사람들은 누구나 대왕생의 인생을 바랄 것이다. 그러
나 유감스럽게도 대왕생을 누리는 사람은 매우 적다. 대다
수의 사람들은 눈앞에 닥친 죽음의 공포에 구원을 바라며
여행을 떠난다. 그러나 이것만큼은 알아두어야 한다. 죽음
에는 좋은 것도 나쁜 것도 없다. 좋은 죽음도 나쁜 죽음도

없는 것이다. 죽음은 모든 사람에게 평등하다. 반드시 찾아오는 죽음을 앞두고 멋진 인생이었다고 생각할 수 있는 삶은 어떤 것일까.

이 책의 주제는 심플하게 '나이 드는' 법이다. 바꾸어 말하면 심플하게 '사는' 법이기도 하다. 나이 들어 어떻게 살고 싶은지는 저마다 다르겠지만 내가 생각하는 아름다운 노년은 욕심을 덜어내고 보다 간소하고 소박한 삶을 즐기는 것이다. 또 자신의 남은 인생을 나름대로 최선을 다해 가꾸는 것이다. 하루하루를 억지로 살아내는 것이 아니라 열심히 정성을 다하여 사는 것이다.

오늘 자신이 해야 할 일은 무엇일까. 지금 자신이 해야 할 일은 무엇일까. 확실하게 확인하고 해야 할 일을 해야 한다. 결코 미루어서는 안 된다. 자기도 모르게 "내일 해야지."라고 미루는 경우가 있는데, 그 '내일'이 찾아온다는 보장은 어디에도 없다. 언제 정명이 찾아와도 후회하지 않을 수 있는 삶이야말로 아름답게 사는 방법이며 아름답게 나이 드는 방법이다.

"아쉬운 건 아무것도 없어.", "하고 싶은 건 아무것도 없어." 이런 마음을 가지고 여행을 떠나는 사람은 없다. 누구나 이 세상에서 '아쉬운 것', '하고 싶은 것'을 남긴 채 여행을 떠난다. 다만 '어제보다 오늘 한 가지라도 더 할 수 있었다', '나의 꿈이나 목표에 한 걸음 더 다가갈 수 있었다'는 나날을 보내는 것이 '최선을 다해 사는' 것이다.

초등학생 1학년일 때에는 넘기 힘들었던 뜀틀도 6년 동안 열심히 노력하면 뛰어넘을 수 있다. 처음부터 그런 노력을 하지 않는다는 건 스스로 가능성을 포기하는 것과 같다. 반드시 목표에 도달해야만 하는 것은 아니다. 최선을 다했지만 도달하지 못하는 경우도 있다. 목표를 향하여 최선을 다해 노력했다는 것이 중요하다.

사람의 늙음은 태어난 순간부터 시작된다. 늙음은 부정적인 것도 아니고 슬픈 것도 아니다. 당당하게 나이를 먹자. 젊은 사람과 마찬가지로 늙어가는 당신도 아름답게 빛나는 보석을 발견할 수 있다. 그리고 그 소중한 인생의 보석은 반드시 당신의 일상 속에 존재한다.

합장

심플하게 나이 드는 기쁨

초판 1쇄 인쇄 2024년 3월 10일
초판 1쇄 발행 2024년 3월 15일

지은이 | 마스노 슌묘
옮긴이 | 이정환
펴낸이 | 한순 이희섭
펴낸곳 | (주)도서출판 나무생각
편집 | 양미애 백모란
디자인 | 박민선
마케팅 | 이재석
출판등록 | 1999년 8월 19일 제1999-000112호
주소 | 서울특별시 마포구 월드컵로 70-4(서교동) 1F
전화 | 02)334-3339, 3308, 3361
팩스 | 02)334-3318
이메일 | book@namubook.co.kr
홈페이지 | www.namubook.co.kr
블로그 | blog.naver.com/tree3339

ISBN 979-11-6218-285-7 03830